虹《にじ》

5

北日本新聞社編

虹《にじ》5【もくじ】

ゆうきの
あかりが
ともるはし

〝酪《らく》農《のう》家《か》族《ぞく》が見《み》る夢《ゆめ》

牛乳《ぎゅうにゅう》と幸《しあわ》せ運《はこ》ぶクローバーファーム

1

広島市出身《ひろしましゅっしん》の青沼光《あおぬまあきら》さん、29歳《さい》。富山市出身《とやましゅっしん》の妻《つま》、佳奈《かな》さん、34歳《さい》。サラリーマン家庭《かてい》に育《そだ》った若《わか》い夫婦《ふうふ》が、高岡市佐加野東《たかおかしさがのひがし》に牧場《ぼくじょう》を持《も》ったのは、昨年《さくねん》（2015年《ねん》）4月《がつ》のことだった。

小矢部川《おやべがわ》に架《か》かる国条橋《こくじょうばし》の西側《にしがわ》、アルミ工場《こうじょう》や住宅地《じゅうたくち》、田《た》んぼなどが広《ひろ》がる一角《いっかく》。川《かわ》の土手《どて》に沿《そ》って、その牧場《ぼくじょう》「クローバーファーム」がある。

青年等就農資金《せいねんとうしゅうのうしきん》で限度《げんど》いっぱいの融資《ゆうし》を受《う》け、高齢《こうれい》のため離農《りのう》する女性《じょせい》から牛《うし》、牛舎《ぎゅうしゃ》、敷地《しきち》、住宅《じゅうたく》の一式《いっしき》を受《う》け継《つ》いだ。

新《あら》たな酪農家《らくのうか》の誕生《たんじょう》は、県内《けんない》ではおよそ20年《ねん》ぶり。高齢化《こうれいか》や担《にな》い手不足《てぶそく》で減少《げんしょう》の一途《いっと》をたどる中《なか》、全国的《ぜんこくてき》にも珍《めずら》しい。「僕《ぼく》の知《し》る限《かぎ》り、北海道《ほっかいどう》を除《のぞ》く都府県《とふけん》で新規《しんき》は年《ねん》に1人か2人」（青沼《あおぬま》さん）という。

引《ひ》き継《つ》いだホルスタイン7頭《とう》を約《やく》40頭《とう》まで増《ふ》やし、年末《ねんまつ》ぎりぎりに、手作《てづく》りの新《あら》たな牛舎《ぎゅうしゃ》2棟《とう》も完成《かんせい》した。経営基盤《けいえいきばん》を築《きず》こうと、夢中《むちゅう》で駆《か》け抜《ぬ》けた9カ月《げつ》。2歳《さい》ともうすぐ1歳《さい》になる男《おとこ》の子《こ》2人の一家《いっか》4人《にん》は、新《あたら》しい年《とし》を自分《じぶん》たちの牧場《ぼくじょう》で迎《むか》えた。

笑顔《えがお》の絶《た》えない若々《わかわか》しい〝酪農家族《らくのうかぞく》〟の歩《あゆ》みは始《はじ》まったばかり。「夢《ゆめ》だった牧場《ぼくじょう》を持《も》つまで、たくさんの人《ひと》にお世話《せわ》になりました。これから幸《しあわ》せの恩返《おんがえ》しができれば」

四《よ》つ葉《ば》のクローバーが牧場《ぼくじょう》のシンボルマークだ。

＊

東《ひがし》の空《そら》を染《そ》め始《はじ》めた朝《あさ》の光《ひかり》が、白黒模様《しろくろもよう》の大《おお》きな体《からだ》を照《て》らし出《だ》す。

「ンモー」

昨年《さくねん》12月《がつ》の早朝《そうちょう》。放射冷却《ほうしゃれいきゃく》で肌刺《はださ》すような冷気《れいき》の中《なか》、土手沿《どてぞ》いの牛舎《ぎゅうしゃ》に隣接《りんせつ》した放《ほう》牧場《ぼくじょう》にたたずむ牛《うし》たちの姿《すがた》があった。

人《ひと》が食《た》べられない草《くさ》を主食《しゅしょく》として、栄養満点《えいようまんてん》の乳《ちち》を出《だ》す。見《み》た目《め》の鈍重《どんじゅう》さとは裏腹《うらはら》に、不思議《ふしぎ》な働《はたら》きを秘《ひ》めた大《おお》きなおなかが、ゆっくりと息《いき》づいている。

土地柄《とちがら》、放牧場《ほうぼくじょう》の広《ひろ》さは十分《じゅうぶん》とはいえないが、朝《あさ》の搾乳《さくにゅう》を終《お》えると数時間《すうじかん》、青沼《あおぬま》さんは牛舎《ぎゅうしゃ》から牛《うし》を放《はな》つ。「中学生《ちゅうがくせい》のとき、テレビで広大《こうだい》な放牧風景《ほうぼくふうけい》を見《み》たのが、酪農家《らくのうか》になりたいと思《おも》ったきっかけです」

それから、夢《ゆめ》への歩《あゆ》みはぶれなかった。農業高校《のうぎょうこうこう》、新潟大農学部《にいがただいのうがくぶ》へと進《すす》み、長野県《ながのけん》の牧場《ぼくじょう》と黒部市《くろべし》の新川育成牧場《にいかわいくせいぼくじょう》（現《げん》くろべ牧場《ぼくじょう》まきばの風《かぜ》）で働《はたら》いてきた。29歳《さい》という年齢《ねんれい》にしては分厚《ぶあつ》く、節《ふし》くれ立《だ》ったその指《ゆび》が、これまでの経験《けいけん》を物語《ものがた》る。

新川育成牧場《にいかわいくせいぼくじょう》の先輩《せんぱい》が佳奈《かな》さんだった。動物《どうぶつ》と関《かか》わる仕事《しごと》をしたいと、佳奈《かな》さんも大学《だいがく》で畜産《ちくさん》などを学《まな》んだ。一度《いちど》は薬品会社《やくひんがいしゃ》に勤《つと》めたが、牧場《ぼくじょう》に転職《てんしょく》した。出会《であ》って1年後《ねんご》に結婚《けっこん》し、長男《ちょうなん》が生《う》まれた。「自分《じぶん》の牧場《ぼくじょう》を持《も》てば、もっと家族《かぞく》との時間《じかん》を過《す》ごせる」。家族《かぞく》が増《ふ》え、夢《ゆめ》への思《おも》いが加速《かそく》した。佳奈《かな》さんは、「彼《かれ》は夢《ゆめ》に向《む》かってきちんと努力《どりょく》ができる人《ひと》。ついていくことに不安《ふあん》はありませんでした」と振《ふ》り返《かえ》る。

県内《けんない》では、離農《りのう》する酪農家《らくのうか》が相次《あいつ》いでいた。空《あ》き牛舎《ぎゅうしゃ》を使《つか》えば、独立《どくりつ》を果《は》たすことは夢物語《ゆめものがたり》ではなかった。

*

平成《へいせい》の初《はじ》めまでおよそ200戸《こ》あった県内《けんない》の酪農家《らくのうか》は昨年《さくねん》、50戸《こ》を割《わ》った。高齢化《こうれいか》や後継者不足《こうけいしゃぶそく》に加《くわ》え、円安《えんやす》による輸入飼料《ゆにゅうしりょう》の高騰《こうとう》が追《お》い打《う》ちをかけている。

「ようやく、牛《うし》がいない生活《せいかつ》にも慣《な》れてきたところです」。現在《げんざい》、高岡市内《たかおかしない》の市営《しえい》住宅《じゅうたく》に一人《ひとり》で暮《く》らす杉森登美《すぎもりとみ》さん(82)。家族《かぞく》で50年近《ねんちか》く営《いとな》んできた牧場《ぼくじょう》を、青沼《あおぬま》さんに引《ひ》き渡《わた》した女性《じょせい》だ。

7年前《ねんまえ》、跡《あと》を継《つ》ぐはずだった一人息子《ひとりむすこ》を病気《びょうき》で亡《な》くした。それから夫《おっと》(85)が体《たい》調《ちょう》を崩《くず》しがちになり、施設《しせつ》に入所《にゅうしょ》。80歳《さい》を過《す》ぎて一人《ひとり》で牛《うし》の世話《せわ》をするのは、気力《きりょく》、体力《たいりょく》とも限界《げんかい》だった。

後継者《こうけいしゃ》が見《み》つからないまま、敷地《しきち》に太陽光《たいようこう》パネルを設置《せっち》する話《はなし》が進《すす》んでいた。ぎりぎりのタイミングで現《あらわ》れたのが、青沼《あおぬま》さんだった。「やる気《き》のある若《わか》い人《ひと》が受《う》け継《つ》いでくれました。健康第一《けんこうだいいち》に頑張《がんば》ってほしい」と、杉森《すぎもり》さんはエールを送《おく》る。

離農《りのう》した別《べつ》の酪農家《らくのうか》が機械類《きかいるい》を安《やす》く譲《ゆず》ってくれたり、長野時代《ながのじだい》に知《し》り合《あ》ったメーカーが格安《かくやす》で飼料《しりょう》を卸《おろ》してくれたりと、多《おお》くの人《ひと》が新《あら》たな酪農家族《らくのうかぞく》を支《ささ》えている。

高岡市畜産組合長《たかおかしちくさんくみあいちょう》の金田次一郎《かねだじいちろう》さん（71）＝高岡市戸出市野瀬《たかおかしといでいちのせ》＝もその一人《ひとり》。独立《どくりつ》の相談《そうだん》を受《う》けて以来《いらい》、いまも親身《しんみ》に、ときに厳《きび》しく見守《みまも》っている。頭数《とうすう》を増《ふ》やして経営《けい》を安定《あんてい》させるため、金田牧場《かねだぼくじょう》からもらわれていった牛《うし》も少《すく》なくない。

酪農《らくのう》の現状《げんじょう》を考《かんが》えると、最初《さいしょ》は積極的《せっきょくてき》に応援《おうえん》するつもりはなかった。むしろ、「大変《たいへん》だぞ」と押《お》しとどめる立場《たちば》だったが、青沼《あおぬま》さんの熱《あつ》い思《おも》いに動《うご》かされた。「まだ1年《ねん》もたっていないけれど、乳量《にゅうりょう》も十分《じゅうぶん》出《で》ているし、よくやっていると思《おも》います」

金田《かねだ》さんが最《もっと》も案《あん》じたのは、県内《けんない》で初《はじ》めて青沼《あおぬま》さんが取《と》り組《く》む「コンポストバーン」と呼《よ》ばれる牛舎《ぎゅうしゃ》の成否《せいひ》だった。

引《ひ》き継《つ》いだ牛舎《ぎゅうしゃ》を改修《かいしゅう》し、牛《うし》を仕《し》切《き》る柵《さく》を取《と》り払《はら》った。牛舎内《ぎゅうしゃない》には、もみ殻《がら》を厚《あつ》く敷《し》き詰《つ》めた「ベッド」が広《ひろ》がる。その上《うえ》を牛《うし》は自由《じゆう》に歩《ある》き回《まわ》る。えさを食《た》べたり、寝《ね》そべったり、ときにけんかをしたり。

ベッドを切《き》り返《かえ》すと、もわっと水蒸気《すいじょうき》が上《あ》がる。牛《うし》が歩《ある》くことでふん尿《にょう》ともみ殻《がら》が混《ま》ざって発酵《はっこう》し、堆肥化《たいひか》が進《すす》む。「コンポスト」と呼《よ》ばれるゆえんだ。

金田《かねだ》さんをはじめ、県内《けんない》の酪農家《らくのうか》のほとんどは、牛《うし》を牛舎《ぎゅうしゃ》につないでおく「つなぎ飼《が》い」で育《そだ》てている。牛《うし》の行動《こうどう》を制限《せいげん》する代《か》わりに、体調《たいちょう》に合《あ》わせてえさを与《あた》えるなど、個々《ここ》の管理《かんり》が行《い》き届《とど》く。

省力化《しょうりょくか》を図《はか》れるコンポストバーン牛舎《ぎゅうしゃ》にしたのは、「牛《うし》にできることは、牛《うし》に任《まか》せる」という考《かんが》えからだ。

日本《にほん》の酪農《らくのう》は良《よ》くも悪《わる》くも、365日無休《にちむきゅう》の家族経営《かぞくけいえい》をベースに成《な》り立《た》っている。

青沼《あおぬま》さんにとって、家族《かぞく》で働《はたら》けることは「酪農《らくのう》という仕事《しごと》の大《おお》きな魅力《みりょく》」。だが、従《じゅう》来《らい》の営農《えいのう》のままで家族《かぞく》と過《す》ごす時間《じかん》が十分《じゅうぶん》かといえば、そうも思《おも》えない。「牛《うし》にはいろいろな能力《のうりょく》があるのだから頼《たよ》ればいい。暮《く》らしにゆとりができれば、酪農《らくのう》はもっと魅力的《みりょくてき》な仕事《しごと》になるし、牛《うし》だって自由《じゆう》なほうがいいでしょう」

その分《ぶん》、朝夕《あさゆう》欠《か》かせない搾乳《さくにゅう》には人一倍《ひといちばい》、神経《しんけい》を研《と》ぎ澄《す》まし、集中《しゅうちゅう》する。体調《たいちょう》はどうか、えさは足《た》りているか。1頭《とう》1頭《とう》と対話《たいわ》しながら牛乳《ぎゅうにゅう》を搾《しぼ》る。

搾乳《さくにゅう》は、自分《じぶん》の作業《さぎょう》の積《つ》み重《かさ》ねが、乳量《にゅうりょう》や乳質《にゅうしつ》という結果《けっか》になって表《あらわ》れる。毎日《まいにち》、〝通信簿《つうしんぼ》〟が突《つ》きつけられる仕事《しごと》だ。「この白《しろ》い一滴《ひとしずく》の中《なか》に、牧草《ぼくそう》を作《つく》ってくれた人《ひと》や牛《うし》を改良《かいりょう》した人《ひと》など、たくさんの人《ひと》の思《おも》いが詰《つ》まっている」と、青沼《あおぬま》さんはいつも思《おも》う。「だからこそ、僕《ぼく》たち酪農家《らくのうか》は牛《うし》を健康《けんこう》に育《そだ》て、おいしい牛乳《ぎゅうにゅう》を搾《しぼ》らないと」

＊

朝《あさ》4時半《じはん》。青沼《あおぬま》さんも牛《うし》たちも、吐《は》く息《いき》が白《しろ》い。真冬《まふゆ》のこの時期《じき》は、真《ま》っ暗《くら》なうちから搾乳《さくにゅう》が始《はじ》まる。

子牛《こうし》は佳奈《かな》さんの担当《たんとう》だ。人間《にんげん》の子《こ》どもと同《おな》じように、体調《たいちょう》を崩《くず》しやすい。夫《おっと》の助言《じょげん》を聞《き》きながら、えさの配合《はいごう》を考《かんが》える。

特別《とくべつ》に名前《なまえ》を付《つ》けた子牛《こうし》が3頭《とう》いる。ファースト、スイカ、ルーエ。昨年夏《さくねんなつ》、この牧場《ぼくじょう》で生《う》まれた。1年半後《ねんはんご》には母牛《ははうし》となり、きっと、たっぷりと乳《ちち》を出《だ》すだろう。これから少《すこ》しずつ、クローバーファーム生《う》まれの牛《うし》たちが育《そだ》っていく。

「私《わたし》たち家族《かぞく》が牧場《ぼくじょう》を持《も》てたのも、これまで頑張《がんば》ってきた酪農家《らくのうか》のおかげ。その思《おも》いを受《う》け継《つ》ぎ、次《つぎ》につなげたい」。若《わか》い夫婦《ふうふ》は同《おな》じ思《おも》いで夢《ゆめ》に向《む》かう。

（2016年1月1日掲載《けいさい》）

2

路《ろ》上《じょう》からの再《さい》出《しゅっ》発《ぱつ》

「駅《えき》北《きた》食《しょく》堂《どう》」に集《つど》う人々《ひとびと》

コートの襟《えり》を立《た》てたサラリーマンらが家路《いえじ》を急《いそ》ぐ。夕方《ゆうがた》の富山駅北口《とやまえききたぐち》、からくり時《ど》計《けい》がある地下広場《ちかひろば》。急《いそ》ぎ足《あし》の人波《ひとなみ》の傍《かたわ》らで、毎週月曜日《まいしゅうげつようび》の午後《ごご》5時《じ》から30分《ぷん》だけ開《かい》店《てん》するささやかな食堂《しょくどう》がある。

「駅北食堂《えききたしょくどう》」。ホームレスや元《もと》ホームレスの人《ひと》たちへの炊《た》き出《だ》しだ。カトリック修《しゅう》道院《どういん》のシスターや信者《しんじゃ》、アジアの子《こ》どもを支援《しえん》する市民団体《しみんだんたい》のメンバーらでつくるグループが取《と》り組《く》み、この2月《がつ》で丸《まる》5年《ねん》を迎《むか》える。

ことし（2016年《ねん》）最初《さいしょ》の月曜日《げつようび》は、三《さん》が日明《にちあ》けの1月《がつ》4日《か》。正月気分《しょうがつきぶん》たっぷりに雑煮《ぞうに》やおせちが振《ふ》る舞《ま》われた。常連《じょうれん》を中心《ちゅうしん》に利用者《りようしゃ》は7人《にん》ほど。毎回《まいかい》20食《しょく》を用意《ようい》するが、午後《ごご》から雨《あめ》が降《ふ》ったせいか、いつもより少《すく》なめだ。

「年末年始《ねんまつねんし》はどうでしたか。おもちのお代《か》わり、ありますよ」

「ありがとう。じゃあ、もう一《ひと》つ」

食堂《しょくどう》といっても、テーブルや椅子《いす》があるわけではない。地下広場《ちかひろば》に備《そな》え付《つ》けのべンチが即席《そくせき》の食卓《しょくたく》になる。

富山市内《とやましない》の修道院《しゅうどういん》の施設《しせつ》で調理《ちょうり》し、車《くるま》で駅《えき》のロータリーに運《はこ》ぶ。地下広場《ちかひろば》への揚《あ》げ降《お》ろしは、利用者《りようしゃ》が率先《そっせん》して手伝《てつだ》う。5年《ねん》の間《あいだ》に自然《しぜん》と分担《ぶんたん》ができた。

おなかを満《み》たし、何気《なにげ》ない会話《かいわ》で心《こころ》も温《あたた》めると、増《ふ》え始《はじ》めた人波《ひとなみ》にまぎれるように、利用者《りようしゃ》も家路《いえじ》に就《つ》く。

＊

「必要《ひつよう》とされる活動《かつどう》を通《とお》して、地域《ちいき》の人《ひと》たちと交流《こうりゅう》したい」

そう考《かんが》えていた幼《おさな》き聖《せい》マリア修道院《しゅうどういん》（富山市山王町《とやましさんのうまち》）のシスターが、知人《ちじん》の案内《あんない》で駅地下《えきちか》を訪《おとず》れたのは2011年《ねん》2月《がつ》。段《だん》ボールハウスで暮《く》らすホームレスたちに出会《であ》った。すぐに女性《じょせい》たち10人《にん》ほどのグループができ、炊《た》き出《だ》しが始《はじ》まった。

当時《とうじ》、富山市《とやまし》の調査《ちょうさ》で確認《かくにん》されたホームレスは市内《しない》に15人《にん》だが、ネットカフェなどに寝泊《ねと》まりする人《ひと》を含《ふく》めれば、ホームレス状態《じょうたい》の人《ひと》はもっとたくさんいたはずだ。

これまでにおよそ240回《かい》を数《かぞ》える駅北食堂《えききたしょくどう》の炊《た》き出《だ》し。息長《いきなが》く続《つづ》いているのは、栄養《えいよう》バランスに配慮《はいりょ》した食事《しょくじ》が利用者《りようしゃ》に好評《こうひょう》なことに加《くわ》え、その配食《はいしょく》に徹《てっ》してきたことが挙《あ》げられる。

メンバーは、利用者《りようしゃ》とのコミュニケーションを大切《たいせつ》にしながらも、不用意《ふようい》に内面《ないめん》にまで踏《ふ》み込《こ》まない。お互《たが》いの関係《かんけい》が悪化《あっか》しないよう心《こころ》を砕《くだ》く。それは、この食堂《しょくどう》を、「困《こま》ったとき、いつでも気兼《きが》ねなく来《こ》られる食堂《しょくどう》」にしておくためだ。

利用者《りようしゃ》との会話《かいわ》の中《なか》で気《き》がかりなことがあれば、他《ほか》の支援者《しえんしゃ》たちにつないできた。

この5年《ねん》の間《あいだ》に、駅北食堂《えききたしょくどう》の常連《じょうれん》には、路上生活《ろじょうせいかつ》を抜《ぬ》け出《だ》した人《ひと》たちが増《ふ》えている。登録型派遣《とうろくがたはけん》で働《はたら》き、けがをきっかけに失職《しっしょく》した男性《だんせい》(42)。家族《かぞく》との関係《かんけい》がうまくいかず家《いえ》を出《で》て、富山《とやま》にたどり着《つ》いた関西出身《かんさいしゅっしん》の女性《じょせい》(73)。母親《ははおや》の介護《かいご》で離職《りしょく》後《ご》、再就職《さいしゅうしょく》できなかった男性《だんせい》(58)――。

路上生活《ろじょうせいかつ》に追《お》い込《こ》まれた理由《りゆう》はさまざまだが、いまは生活保護《せいかつほご》を受《う》けながら、それぞれ単身《たんしん》でアパートに暮《く》らす。駅北食堂《えききたしょくどう》は、再出発《さいしゅっぱつ》への足《あし》がかりを得《え》た人《ひと》たちが孤立《こりつ》しないための居場所《いばしょ》でもある。

昨年《さくねん》、富山市《とやまし》が確認《かくにん》したホームレスは4人《にん》にまで減《へ》った。その陰《かげ》に、アパートへの入居《にゅうきょ》や生活保護《せいかつほご》の申請《しんせい》など、一人一人《ひとりひとり》に寄《よ》り添《そ》いながら支援《しえん》するボランティアの存在《そんざい》がある。

*

2008年《ねん》の年末《ねんまつ》。東京《とうきょう》・日比谷公園《ひびやこうえん》の「年越《としこ》し派遣村《はけんむら》」に、食事《しょくじ》と宿泊場所《しゅくはくばしょ》を求《もと》める行列《ぎょうれつ》ができた。派遣切《はけんぎ》りされた人《ひと》たちおよそ500人《にん》が押《お》し寄《よ》せ、貧困《ひんこん》が身近《みぢか》な社会問題《しゃかいもんだい》として認識《にんしき》されるきっかけとなった。

富山《とやま》でホームレス支援《しえん》が本格的《ほんかくてき》に始《はじ》まったのも、この年《とし》だった。支援《しえん》の公的資源《こうてきしげん》が限《かぎ》られる地方都市《ちほうとし》では、炊《た》き出《だ》しや夜回《よまわ》りなど、ボランティアの活動《かつどう》が頼《たよ》りだ。路上生活《ろじょうせいかつ》から抜《ぬ》け出《だ》すためには、アパートの連帯保証人《れんたいほしょうにん》になり、福《ふく》祉事務所《しじむしょ》に同行《どうこう》して生活保護《せいかつほご》を受給《じゅきゅう》できるよう支援《しえん》する人《ひと》たちが欠《か》かせない。「ホームレスの人《ひと》の中《なか》にはアルコールやギャンブル依存症《いぞんしょう》の人《ひと》もいますけど、それなら僕《ぼく》は社会福祉活動《しゃかいふくしかつどう》の依存症《いぞんしょう》」

おおらかに笑《わら》う四十物和雄《あいものかずお》さん（64）＝富山市《とやまし》＝は、100人余《にんあま》りの支援《しえん》に関《かか》わり、80件《けん》を超《こ》える連帯保証人《れんたいほしょうにん》になってきた。駅北食堂《えききたしょくどう》のメンバーからの信頼《しんらい》もあつい。

学生運動《がくせいうんどう》、障害者《しょうがいしゃ》の解放運動《かいほううんどう》を経《へ》て、生活困窮者《せいかつこんきゅうしゃ》の支援《しえん》に取《と》り組《く》む。原点《げんてん》にあるのは、「差別《さべつ》される弱《よわ》い人《ひと》たちの立場《たちば》に立《た》つこと。当事者《とうじしゃ》とともに学《まな》びながら支援《しえん》したい」という思《おも》いだ。

元《もと》ホームレスの早川光一《はやかわこういち》さん（72）＝富山市《とやまし》＝は、富山《とやま》で支援《しえん》が始《はじ》まった2008年《ねん》に刑務所《けいむしょ》を出所《しゅっしょ》し、四十物《あいもの》さんと出会《であ》った。「いまの自分《じぶん》があるのは、四十物《あいもの》さんのおかげです」

工務店《こうむてん》の経営《けいえい》に行《い》き詰《づ》まり、逃《に》げるように愛知《あいち》から富山《とやま》に来《き》た。工事現場《こうじげんば》を転々《てんてん》としたが、仕事《しごと》も住居《じゅうきょ》も失《うしな》った。空腹《くうふく》を満《み》たすための「万引生活《まんびきせいかつ》」で２００６年《ねん》、初《はじ》めての刑務所《けいむしょ》へ。出所後《しゅっしょご》も行《い》く当《あ》てはなく再《ふたた》び手《て》を染《そ》め、計《けい》３回服役《かいふくえき》した。

早川《はやかわ》さんはいま、ホームレスを支援《しえん》する立場《たちば》だ。自身《じしん》の経験《けいけん》を生《い》かして路上《ろじょう》で暮《く》らす人《ひと》たちに声《こえ》を掛《か》け、四十物《あいもの》さんや弁護士《べんごし》ら支援者《しえんしゃ》につないできた。

「早川《はやかわ》さんに救《すく》われた人《ひと》は多《おお》い。困窮《こんきゅう》する人《ひと》を支《ささ》えることが、彼《かれ》の支《ささ》えにもなっている」と四十物《あいもの》さん。早川《はやかわ》さんは、「いまも不完全《ふかんぜん》な人間《にんげん》ですけど、少《すこ》しでも恩返《おんがえ》しや罪《つみ》の償《つぐな》いになれば」と話《はな》す。

＊

炊《た》き出《だ》しや夜回《よまわ》りに、アパート入居《にゅうきょ》と生活保護《せいかつほご》受給《じゅきゅう》の支援《しえん》。貧困《ひんこん》の底辺《ていへん》で生《い》きる人々《ひとびと》と出会《であ》ったボランティアたちは、支援《しえん》の輪《わ》を少《すこ》しずつ広《ひろ》げてきた。

手《て》を差《さ》し伸《の》べることの難《むずか》しさを突《つ》きつけた出来事《できごと》もあった。一人《ひとり》のホームレスの路上《ろじょう》死《し》だ。

2014年《ねん》12月《がつ》23日《にち》。富山駅北口地下広場《とやまえききたぐちちかひろば》で、ヨシオさん（仮名《かめい》、69）が亡《な》くなっているのが見《み》つかった。

何年《なんねん》も地下広場《ちかひろば》で暮《く》らす主《ぬし》のような存在《そんざい》で、駅北食堂《えききたしょくどう》の常連《じょうれん》だった。気難《きむずか》しい半面《はんめん》、支援者《しえんしゃ》が声《こえ》を掛《か》けると、「俺《おれ》はいいから、あいつの面倒《めんどう》を見《み》てやって」と返《かえ》す人《ひと》でもあった。

しばらく前《まえ》から体調《たいちょう》を崩《くず》し、誰《だれ》の目《め》にも衰弱《すいじゃく》は明《あき》らかだった。気遣《きづか》う支援者《しえんしゃ》たちが何度《なんど》も入院《にゅういん》を勧《すす》めたが、頑《がん》として受《う》け入《い》れなかった。

遺体《いたい》で見《み》つかった日《ひ》の前日《ぜんじつ》、駅北食堂《えききたしょくどう》が開《ひら》かれていた。酒《さけ》が大好《だいす》きだったヨシオさんが「アイスクリームが食《た》べたい」と言《い》った。メンバーが急《いそ》いで買《か》ってきて、口《くち》に入《い》れてあげると、感謝《かんしゃ》しながら何口《なんくち》かだけ味《あじ》わった。「もういいよ」。メンバーにできることは、そこまでだった。

路上《ろじょう》に生《い》きる哲学《てつがく》を持《も》ち、支援《しえん》を拒《こば》む人《ひと》たちもいる。「無理《むり》にでも入院《にゅういん》させるべきだったのか」。答《こた》えは見《み》つかっていない。

＊

1月《がつ》4日《か》の駅北食堂《えききたしょくどう》。四十物《あいもの》さんの紹介《しょうかい》で、初《はじ》めて利用《りよう》するという女性《じょせい》(52)がやって来《き》た。女性《じょせい》は戸籍上《こせきじょう》で、心《こころ》は男性《だんせい》。性同一性障害《せいどういつせいしょうがい》という生《い》きづらさを抱《かか》える。両親《りょうしん》を相次《あいつ》いで亡《な》くし、生活保護《せいかつほご》を受《う》けながら職《しょく》を探《さが》している。

「しばらく人《ひと》と会《あ》っていなかったから」。温《あたた》かい雑煮《ぞうに》を食《た》べ、利用者《りようしゃ》に声《こえ》を掛《か》けられると、ほっとした表情《ひょうじょう》が浮《う》かんだ。

身寄《みよ》りのない高齢者《こうれいしゃ》、何《なん》らかの障害《しょうがい》を抱《かか》えている人《ひと》、罪《つみ》を犯《おか》した人《ひと》――。家族《かぞく》や地域社会《ちいきしゃかい》との関係《かんけい》を失《うしな》って、人間関係《にんげんかんけい》の貧困《ひんこん》に陥《おちい》った人《ひと》たちが、再《ふたた》びつながりを取《と》り戻《もど》そうとしている。

(2016年2月1日掲載《けいさい》)

フランスパンと駄菓子《だがし》

商店街《しょうてんがい》で愛《あい》されて48年《ねん》

3

高岡駅《たかおかえき》から伸《の》びる大通《おおどお》りに沿《そ》って店《みせ》が並《なら》ぶ末広町商店街《すえひろまちしょうてんがい》。高度経済成長《こうどけいざいせいちょう》まっただ中《なか》の1968（昭和《しょうわ》43）年《ねん》、洋菓子店《ようがしてん》「ロマンベール」は、活気《かっき》づく中心商店街《ちゅうしんしょうてんがい》に誕生《たんじょう》した。

戦前《せんぜん》から駄菓子《だがし》を扱《あつか》う「板倉菓子商店《いたくらかししょうてん》」の長男《ちょうなん》で、当時《とうじ》20代半《だいなか》ばの板倉隆《いたくらたかし》さん＝高岡市末広町《たかおかしすえひろまち》＝が、実家《じっか》の店舗《てんぽ》を二《ふた》つに区切《くぎ》って独立《どくりつ》。翌年《よくねん》にはフランスに渡《わた》って8カ月間《げつかん》、本場《ほんば》のパンづくりを学《まな》んだ。

まだ全国的《ぜんこくてき》にも珍《めずら》しかったフランスパンを売《う》り出《だ》したのは1970（昭和《しょうわ》45）年《ねん》。大阪万博《おおさかばんぱく》がにぎわい、高岡駅《たかおかえき》に北陸初《ほくりくはつ》の地下商店街《ちかしょうてんがい》が華々《はなばな》しくオープンした年《とし》だった。

小麦《こむぎ》や水《みず》などの素材《そざい》にこだわり、洋菓子店《ようがしてん》は「商店街《しょうてんがい》のおいしいパン屋《や》」として知《し》られるようになった。最盛期《さいせいき》には10人《にん》を超《こ》える従業員《じゅうぎょういん》を抱《かか》え、実家《じっか》の菓子商店《かししょうてん》と合《あ》わせて年間《ねんかん》1億円《おくえん》を売《う》り上《あ》げた。

やがて商店街《しょうてんがい》の地盤沈下《じばんちんか》が始《はじ》まる。車社会《くるましゃかい》の到来《とうらい》、大型店《おおがたてん》の進出《しんしゅつ》、長引《ながび》く不況《ふきょう》――。商店街《しょうてんがい》の盛衰《せいすい》と歩《あゆ》みを重《かさ》ね、菓子商店《かししょうてん》は7年前《ねんまえ》の２００９（平成《へいせい》21）年《ねん》に閉店《へいてん》した。

現在《げんざい》、板倉《いたくら》さんは74歳《さい》。妻《つま》の容子《ようこ》さんは68歳《さい》。夫婦《ふうふ》だけで切《き》り盛《も》りするようになったロマンベールを、ことし（２０１６年《ねん》）３月《がつ》いっぱいで閉《と》じる。「最後《さいご》の日《ひ》まで、おいしいパンを焼《や》こう」。２人はそう話《はな》し合《あ》っている。

＊

ほどよい焼《や》き色《いろ》の皮《かわ》はパリッ。小麦《こむぎ》の風味《ふうみ》が香《かお》り、中《なか》はしっとりと柔《やわ》らかい。

容子《ようこ》さんは、夫《おっと》の焼《や》くフランスパン、細長《ほそなが》いバゲットが大好《だいす》きだ。小麦《こむぎ》と水《みず》と塩《しお》と酵母《こうぼ》。それだけで出来《でき》ている。ごまかしがきかない。パンへの情熱《じょうねつ》やこだわりが詰《つ》まっている、と思《おも》う。

そのバゲットをおいしく味《あじ》わってもらいたいと、買《か》い求《もと》める客《きゃく》には、レジ越《ご》しに、食《た》べ方《かた》や保存方法《ほぞんほうほう》などを丁寧《ていねい》に伝《つた》えるのが習慣《しゅうかん》だった。

ことし2月《がつ》に入《はい》ると、容子《ようこ》さんはこう付《つ》け加《くわ》えるようになった。「ごめんなさい。3月末《がつまつ》で店《みせ》を閉《と》じることにしました」

48年間《ねんかん》、商店街《しょうてんがい》で愛《あい》されてきた。常連《じょうれん》も多《おお》い。体力的《たいりょくてき》にも経済的《けいざいてき》にも限界《げんかい》と分《わ》かっていながら、この数《すう》カ月間《げつかん》、夫婦《ふうふ》の決心《けっしん》はなかなかつかなかった。客《きゃく》に告《つ》げることで、迷《まよ》いを断《た》っているようだった。

「もう、この味《あじ》を食《た》べられなくなるんだ」。昼《ひる》はほぼ毎日《まいにち》、ロマンベールのパンという市内《しない》の自営業《じえいぎょう》の男性《だんせい》（51）が残念《ざんねん》そうに言《い》う。「でも、僕《ぼく》が高校生《こうこうせい》の頃《ころ》から通《かよ》っているんだから、ご夫婦《ふうふ》も引退《いんたい》しておかしくない年《とし》ですね。ご苦労《くろう》さまでした」

午前《ごぜん》2時半《じはん》。板倉《いたくら》さんの一日《いちにち》が始《はじ》まる。バゲットをはじめ、食《しょく》パンや菓子《かし》パンなどおよそ50種《しゅ》。午前《ごぜん》7時《じ》の開店《かいてん》から昼《ひる》までに順番《じゅんばん》に焼《や》き上《あ》げていく。容子《ようこ》さんは総菜《そうざい》パンを仕上《しあ》げて店《みせ》に立《た》つ。

店舗《てんぽ》の一番奥《いちばんおく》にある工房《こうぼう》は、従業員《じゅうぎょういん》がいたころのまま、40坪余《つぼあま》りの広《ひろ》さがある。

長年《ながねん》の作業《さぎょう》と年《とし》を重《かさ》ねたからか、板倉《いたくら》さんは腰《こし》をほぼ90度《ど》に曲《ま》げたまま、広《ひろ》い工房《こうぼう》を動《うご》き続《つづ》ける。生地《きじ》づくり、成形《せいけい》、焼《や》き上《あ》げとすべての工程《こうてい》を1人でこなす。

パンを焼《や》くオーブンは2台《だい》。一《ひと》つはフランスパン専用《せんよう》だ。ガス熱源《ねつげん》で蓄熱量《ちくねつりょう》が多《おお》く、蒸気《じょうき》をたっぷり出《だ》す。「この窯《かま》じゃないと、うちのフランスパンの味《あじ》は出《で》ない」とほれ込《こ》んだオーブンも、既《すで》に製造《せいぞう》メーカーはない。「こいつが壊《こわ》れたら辞《や》めようと思《おも》っていたけど、こっちが先《さき》に参《まい》っちゃいました」。板倉《いたくら》さんは、腰《こし》をさすりながら苦笑《くしょう》する。

*

近所《きんじょ》に毎日《まいにち》食《た》べても飽《あ》きない、白《しろ》いご飯《はん》のようなパンを売《う》る店《みせ》があったなら——。パン好《ず》きにとっては、それだけで小《ちい》さな幸《しあわ》せだ。小麦《こむぎ》の香《かお》り、食感《しょっかん》、味《あじ》わいが、日々《ひび》の食卓《しょくたく》を豊《ゆた》かにしてくれる。

板倉《いたくら》さんが目指《めざ》してきたのは、そんなパン屋《や》だった。海外旅行《かいがいりょこう》が珍《めずら》しかった昭和《しょうわ》40

年代前半《ねんだいぜんはん》にフランスに渡《わた》り、パンのある暮《く》らしを肌《はだ》で知《し》った。

きっかけは、店《みせ》を訪《おとず》れるベルギー人《じん》シスターだった。親《した》しくなると、「妹《いもうと》の友人《ゆうじん》がフランスでパン屋《や》をしているの。その店《みせ》で修業《しゅぎょう》してみたら」と誘《さそ》われた。

板倉《いたくら》さんはカトリック系《けい》の上智大学《じょうちだいがく》の卒業生《そつぎょうせい》。「シスターが信用《しんよう》してくれた一因《いちいん》かな」と笑《わら》うが、熱心《ねっしん》な仕事《しごと》ぶりを買《か》ってくれたのだろう。

本場《ほんば》のパン作《づく》りを学《まな》ぶチャンスだった。南仏《なんふつ》・ポーにあるパン屋《や》に住《す》み込《こ》み、一日《いちにち》12時間働《じかんはたら》いた。毎日《まいにち》食《た》べても飽《あ》きることがないフランスパンの魅力《みりょく》に取《と》りつかれた。

「パン屋《や》の家族《かぞく》と暮《く》らしたことで、フランス人《じん》の生活《せいかつ》に根《ね》ざしたパン文化《ぶんか》も知《し》ることができました」

日本《にっぽん》でも、ようやくフランスパン専用粉《せんようこ》が普及《ふきゅう》しはじめたころ。帰国後《きこくご》、日本《にっぽん》で初《はじ》めて開発《かいはつ》された専用粉《せんようこ》を手《て》に入《い》れ、フランスパンを焼《や》き始《はじ》めた。

こだわりは年《とし》を追《お》って深《ふか》まった。水《みず》は片道《かたみち》45分《ふん》をかけて南砺市《なんとし》（旧利賀村《きゅうとがむら》）まで汲《く》

み に 行《い》き、フランス産《さん》の小麦《こむぎ》と自家製《じかせい》の天然酵母《てんねんこうぼ》を使《つか》って焼《や》くようになった。

高岡発《たかおかはつ》、フランスの香《かお》り。パン文化《ぶんか》を広《ひろ》めることができたのか、板倉《いたくら》さんには分《わ》からない。「50年近《ねんちか》く焼《や》き続《つづ》けてこられたのは、うちのパンをおいしいといってくれる人《ひと》たちがいたから。それだけでも満足《まんぞく》しなくちゃいけませんね」

＊

ロマンベールを訪《おとず》れるのは、パン好《ず》きだけに限《かぎ》らない。せんべいやあめ、もちなどが目当《めあ》ての常連客《じょうれんきゃく》もいる。隣《となり》の板倉菓子商店《いたくらかししょうてん》が7年前《ねんまえ》に閉店《へいてん》してから、駄菓子《だがし》などが店《みせ》の一角《いっかく》を占《し》めている。

もともと高岡駅前《たかおかえきまえ》に店《みせ》を構《かま》えていた菓子商店《かししょうてん》は、1955（昭和《しょうわ》30）年《ねん》に現在《げんざい》の末広町《すえひろまち》に移《うつ》った。駅前道路《えきまえどうろ》の拡幅《かくふく》に伴《ともな》って道路西側《どうろにしがわ》に共同《きょうどう》ビルが建《た》ち、その一《ひと》つに入《にゅう》居《きょ》した。1階《かい》が店舗《てんぽ》、2、3階《かい》が住居《じゅうきょ》の鉄筋《てっきん》づくり。広《ひろ》くなった道《みち》の東《ひがし》と西《にし》に、高岡《たかおか》の顔《かお》となる商店街《しょうてんがい》が整《ととの》った。

板倉《いたくら》さんは5歳《さい》で父《ちち》を亡《な》くし、祖母《そぼ》と母《はは》が菓子《かし》商店《しょうてん》を切《き》り盛《も》りしてきた。戦後間《せんごま》もないころ、仕入《しい》れに苦労《くろう》する2人の姿《すがた》を見《み》て育《そだ》った。東京《とうきょう》で就職《しゅうしょく》が決《き》まっていたが、祖母《そぼ》の死《し》をきっかけに高岡《たかおか》に戻《もど》った。

大学《だいがく》や菓子《かし》専門学校《せんもんがっこう》など、板倉《いたくら》さんが東京《とうきょう》で過《す》ごしたのは東京《とうきょう》五輪前後《ごりんぜんご》の8年間《ねんかん》。都会《とかい》もさることながら、里帰《さとがえ》りの度《たび》、高岡駅周辺《たかおかえきしゅうへん》の発展《はってん》ぶりに目《め》を見張《みは》った。駅前《えきまえ》ビルが建《た》ち、駅舎《えきしゃ》が新《あたら》しくなり、やがて地下街《ちかがい》や駅前百貨店《えきまえひゃっかてん》ができた。

あのころ、商店街《しょうてんがい》の未来《みらい》は明《あか》るく輝《かがや》いていた。「時代《じだい》の変化《へんか》とともに少《すこ》しずつ客足《きゃくあし》が遠《とお》のいて、バブルがはじけてからは一気《いっき》に」。閉店《へいてん》を決《き》めてから、商店街《しょうてんがい》の来《こ》し方《かた》行《ゆ》く末《すえ》に思《おも》いが巡《めぐ》る。

3月《がつ》の板倉菓子商店《いたくらかししょうてん》は毎年《まいとし》、駄菓子《だがし》の袋詰《ふくろづ》めで目《め》の回《まわ》る忙《いそが》しさだった。学年末《がくねんまつ》を迎《むか》え、クラスごとに開《ひら》かれるお楽《たの》しみ会《かい》。余《あま》った学級費《がっきゅうひ》の予算《よさん》に合《あ》わせ注文《ちゅうもん》が入《はい》る。一袋《ひとふくろ》60円《えん》、150円《えん》、200円《えん》……。何百《なんびゃく》という駄菓子《だがし》の袋詰《ふくろづ》めを作《つく》った。

子《こ》どもたちの笑顔《えがお》が思《おも》い浮《う》かび、この仕事《しごと》だけは菓子商店《かししょうてん》を閉《と》じてからも続《つづ》けてきたのだった。「それも、ことしが最後《さいご》ですね」。容子《ようこ》さんがぽつりと漏《も》らした。

＊

「ロマンベールは一代限《いちだいかぎ》りかな」

3人目《にんめ》の子《こ》どもも女《おんな》の子《こ》だと分《わ》かったとき、板倉《いたくら》さんは、そう思《おも》ったという。子《こ》どもたちには、好《す》きなことをさせてやりたかった。

願《ねが》わくば──。「パン屋《や》をやりたいという人《ひと》がここを借《か》りてくれたら」。夫婦《ふうふ》にとって、こんなにうれしいことはない。

ロマンベール最後《さいご》の日《ひ》まで1カ月《げつ》。板倉《いたくら》さん夫婦《ふうふ》は、商店街《しょうてんがい》で愛《あい》されてきた48年間《ねんかん》の感謝《かんしゃ》を込《こ》め、パンを焼《や》く。


（2016年3月1日掲載《けいさい》）

藍《あい》の青《あお》
ヒマラヤの青《あお》

きせつの手《て》しごと　季生《きしょう》

4

ヒマラヤンブルー。

朝日町笹川在住《あさひまちささがわざいじゅう》のヨガ・インストラクター、山本《やまもと》さとみさん（43）が、その言葉《ことば》を知《し》ったのは、つい最近《さいきん》のことだ。

8千《せん》メートル級《きゅう》の白《しろ》い峰々《みねみね》を引《ひ》き立《た》てる濃《こ》く、深《ふか》い青《あお》。宇宙《うちゅう》にまで続《つづ》くような澄《す》み切《き》った青《あお》。ヒマラヤの青空《あおぞら》をこう呼《よ》ぶ。

さとみさんの夫《おっと》、季生《としお》さんは2010年《ねん》9月《がつ》、ネパール・ヒマラヤの世界第《せかいだい》7位《い》の高峰《こうほう》ダウラギリ（8167メートル）を登山中《とざんちゅう》、雪崩《なだれ》に巻《ま》き込《こ》まれた。36歳《さい》、半年前《はんとしまえ》に入籍《にゅうせき》したばかりだった。

登山隊《とざんたい》がベースキャンプを出発《しゅっぱつ》して間《ま》もなくのことだった。1人《にん》が遺体《いたい》で見《み》つかり、季生《としお》さんと隊長《たいちょう》の田辺治《たなべおさむ》さん、シェルパの3人はいまも見《み》つかっていない。

以来《いらい》、さとみさんは毎年《まいとし》ネパールを訪《おとず》れた。5年目《ねんめ》の2014年《ねん》、テントに泊《と》まりながら10日間歩《かかんある》き、ダウラギリのベースキャンプ（4700メートル）にたどり着《つ》いた。

「ゆっくりゆっくり、ヒマラヤの一部《いちぶ》になってください」。般若心経《はんにゃしんぎょう》を唱《とな》え、声《こえ》を詰《つ》まらせながら呼《よ》び掛《か》けた。ようやくあげられた「お葬式《そうしき》」。ヒマラヤの水《みず》にも空気《くうき》にも、季生《としお》さんが溶《と》け込《こ》んでいるように感《かん》じることができた。

さとみさんはいま、「藍染《あいぞ》め」の作家《さっか》としてスタートを切《き》ろうとしている。今月《こんげつ》（2016年《ねん》4月《がつ》）、初《はじ》めて東京《とうきょう》で作品《さくひん》を発表《はっぴょう》する。深《ふか》い青《あお》が生《う》まれる藍染《あいぞ》めを始《はじ》めて、気付《きづ》いた。「藍《あい》の青《あお》は、ヒマラヤの空《そら》の青《あお》なのかもしれない」

＊

山々《やまやま》に囲《かこ》まれ、狭《せま》い谷間《たにま》にある朝日町笹川地区《あさひまちささがわちく》は、「隠《かく》れ里《ざと》」のような集落《しゅうらく》だ。市《し》街地《がいち》からも海《うみ》からも近《ちか》いのに、約《やく》400メートルのトンネルを抜《ぬ》けると、笹川《ささがわ》の清《せい》流《りゅう》と里山《さとやま》の風景《ふうけい》が目《め》の前《まえ》に広《ひろ》がる。

およそ110世帯《せたい》。家々《いえいえ》は、狭《せま》い土地《とち》の急斜面《きゅうしゃめん》に石垣《いしがき》を築《きず》き、階段状《かいだんじょう》に並《なら》ぶ。さとみさんが一人《ひとり》で暮《く》らす家《いえ》は、坂《さか》を上《のぼ》りつめた山《やま》ぎわにある。

さとみさんは福島県《ふくしまけん》、季生《としお》さんは愛知県出身《あいちけんしゅっしん》。笹川地区《ささがわちく》は県《けん》の定住促進《ていじゅうそくしん》モデル地《ち》区《く》に選《えら》ばれ、近年移住者《きんねんいじゅうしゃ》が増《ふ》えている。夫婦《ふうふ》が移《うつ》り住《す》んだのは7年前《ねんまえ》にさかのぼる。

二人《ふたり》が出会《であ》ったのは、黒部峡谷《くろべきょうこく》の山仕事《やましごと》の現場《げんば》だった。

季生《としお》さんは旧富士山測候所《きゅうふじさんそっこうじょ》や黒部峡谷《くろべきょうこく》の山小屋《やまごや》で働《はたら》きながら、海外《かいがい》の高峰《こうほう》に挑《いど》む登山家《とざんか》。黒部峡谷《くろべきょうこく》では落石事故《らくせきじこ》の復旧《ふっきゅう》や登山道《とざんどう》の整備《せいび》に汗《あせ》を流《なが》し、危険《きけん》を顧《かえり》みず人《じん》命救助《めいきゅうじょ》にも当《あ》たった。山仲間《やまなかま》からの信頼《しんらい》もあつい、「黒部《くろべ》の恩人《おんじん》」だった。

屋久島《やくしま》などで暮《く》らしたこともあるさとみさんは、自然《しぜん》に包《つつ》まれるような生《い》き方《かた》を大《たい》切《せつ》にしてきた。雄大《ゆうだい》な山々《やまやま》に引《ひ》かれ、剱《つるぎ》や黒部《くろべ》の山小屋《やまごや》などで働《はたら》いていた。

山《やま》に魅《み》せられていた二人《ふたり》は、自然《しぜん》と笹川《ささがわ》に落《お》ち着《つ》いた。里山《さとやま》らしい景観《けいかん》と、土地《とち》に根《ね》づいた暮《く》らしが魅力《みりょく》だった。トンネルを抜《ぬ》けて初《はじ》めて訪《おとず》れたとき、さとみさんは「ここで暮《く》らしたい」と思《おも》った。

築《ちく》70年余《ねんあま》りの空《あ》き家《や》だった古民家《こみんか》を借《か》りた。野菜《やさい》をもらったり、お年寄《としよ》り宅《たく》の雪《ゆき》かきを手伝《てつだ》ったりと、集落《しゅうらく》の人《ひと》たちとも打《う》ち解《と》けた。さとみさんは町内《ちょうない》でヨガを教《おし》え、季生《としお》さんは集落《しゅうらく》の共同作業《きょうどうさぎょう》に参加《さんか》しながら、山《やま》に通《かよ》った。

ようやく、二人《ふたり》の「ベースキャンプ」が出来《でき》つつあった。そんなとき、ダウラギリ遭難《そうなん》が起《お》こった。二人《ふたり》が笹川《ささがわ》で暮《く》らしたのは、わずか1年余《ねんあま》りに過《す》ぎなかった。

＊

ダウラギリ出発《しゅっぱつ》の前日《ぜんじつ》。

季生《としお》さんは、日《ひ》が暮《く》れても黙々《もくもく》と家《いえ》の畑《はたけ》を耕《たがや》していた。何《なに》を植《う》えるつもりだったのだろう。一人《ひとり》になってから、さとみさんはずっと気《き》になっていた。

「彼《かれ》が残《のこ》したこの畑《はたけ》にふさわしいものを育《そだ》てたい」。そう思《おも》っていたとき、山仲間《やまなかま》から徳島土産《とくしまみやげ》に藍《あい》の種《たね》をもらった。

藍《あい》。青《あお》い染料《せんりょう》になるタデ科《か》の1年草《ねんそう》。阿波《あわ》（徳島《とくしま》）は、江戸時代《えどじだい》から藍染《あいぞ》めの元《もと》となる「スクモ」づくりの本場《ほんば》だった。

〈民族《みんぞく》に色《いろ》があるとすればやはり日本民族《にっぽんみんぞく》は藍《あい》ではないだろうか〉

人間国宝《にんげんこくほう》の染織家《せんしょくか》、志村《しむら》ふくみさんが書《か》くとおり、藍《あい》は日本人《にっぽんじん》に最《もっと》もなじみのある色《いろ》の一《ひと》つ。浅葱《あさぎ》、縹《はなだ》、紫紺《しこん》……。微妙《びみょう》な濃淡《のうたん》により、「藍四十八色《あいしじゅうはっしょく》」と呼《よ》ばれる多《た》彩《さい》な色合《いろあ》いが現《あらわ》れる。

藍《あい》を育《そだ》て、葉《は》を刈《か》り取《と》る。乾燥《かんそう》させた葉《は》を発酵《はっこう》させ、スクモをつくる。さらに甕《かめ》の中《なか》でスクモと灰汁《あく》、酒《さけ》などを混《ま》ぜて発酵《はっこう》させる。手間《てま》と時間《じかん》をかけて、ようやく藍液《あいえき》ができあがる。

こうした伝統的《でんとうてき》な技法《ぎほう》は、明治時代《めいじじだい》になると化学染料《かがくせんりょう》に取《と》って代《か》わられたが、一部《いちぶ》の工房《こうぼう》や染織家《せんしょくか》が伝統《でんとう》をいまに受《う》け継《つ》ぐ。化学染料《かがくせんりょう》には出《だ》せない独特《どくとく》の色合《いろあ》い、風《ふう》合《あ》いが魅了《みりょう》する。

「この畑《はたけ》で藍《あい》を育《そだ》て、藍染《あいぞ》めに挑戦《ちょうせん》しよう」。一人《ひとり》だからこそ手間《てま》と時間《じかん》を惜《お》しまず没頭《ぼっとう》できる。一歩一歩《いっぽいっぽ》、山《やま》を登《のぼ》ってきた季生《としお》さんの生《い》き方《かた》にも通《つう》じる気《き》がした。

昨年《さくねん》、季生《としお》さんの父親《ちちおや》にも手伝《てつだ》ってもらって、古民家《こみんか》の納屋《なや》を作業場《さぎょうば》に改修《かいしゅう》した。藍染《あいぞ》めに必要《ひつよう》な道具類《どうぐるい》は、古民家《こみんか》に残《のこ》っていた古《ふる》い生活用具《せいかつようぐ》が使《つか》えた。山《やま》ぎわの家《いえ》の裏《うら》には用水《ようすい》が流《なが》れ、水《みず》は存分《ぞんぶん》にあった。見渡《みわた》せば、藍染《あいぞ》めができる環境《かんきょう》が整《ととの》っていた。藍《あい》を育《そだ》てるところから始《はじ》め、すべての工程《こうてい》を手掛《てが》けた。試行錯誤《しこうさくご》を繰《く》り返《かえ》し、ことし1月《がつ》、一甕分《ひとかめぶん》の藍液《あいえき》ができた。

*

白《しろ》い布《ぬの》や糸《いと》を藍甕《あいがめ》に浸《ひた》して引《ひ》き上《あ》げる。空気《くうき》に触《ふ》れ酸化《さんか》すると、鮮《あざ》やかな青《あお》が現《あらわ》れる。その驚《おどろ》きと感動《かんどう》。青《あお》の世界《せかい》に深《ふか》く引《ひ》き込《こ》まれ、さとみさんは気付《きづ》いた。「私《わたし》の中《なか》で、藍《あい》の青《あお》は、ヒマラヤの空《そら》の青《あお》につながっているのかな」

事故以来《じこいらい》、毎年《まいとし》ネパールを訪《おとず》れ、季生《としお》さんが遭難《そうなん》した山《やま》ばかりを見《み》てきた。2年《ねん》前《まえ》、ダウラギリのベースキャンプで自分《じぶん》なりの「お葬式《そうしき》」をあげた。ようやく気持《きも》ちに一区切《ひとくぎ》りをつけることができた。

ヒマラヤの山《やま》から藍《あい》へ——。向《む》き合《あ》うものは変《か》わった。「でも、青《あお》の中《なか》で見《み》ているものは、同《おな》じものなのかもしれません」

季節《きせつ》に生《い》きる。季生《としお》さんの名前《なまえ》が、伝統的《でんとうてき》な藍染《あいぞ》めの在《あ》るべき姿《すがた》をそのまま言《い》い当《あ》てているように思《おも》えた。

「きせつの手《て》しごと　季生《きしょう》」。これからの自身《じしん》の藍染《あいぞ》めの仕事《しごと》を、そう呼《よ》ぶと決《き》めた。季生《としお》さんの名前《なまえ》が、一番《いちばん》ふさわしいと思《おも》った。

一人《ひとり》になってから、笹川《ささがわ》で四季折々《しきおりおり》の暮《く》らしを丁寧《ていねい》に積《つ》み重《かさ》ねてきた。そうした日《にち》常《じょう》が、大切《たいせつ》な人《ひと》を失《うしな》うという非日常《ひにちじょう》を包《つつ》み込《こ》み、さとみさんが前《まえ》に進《すす》む力《ちから》になった。「季生《きしょう》」は、そんな生《い》き方《かた》にも重《かさ》なっている。

今月下旬《こんげつげじゅん》、友人《ゆうじん》の写真家《しゃしんか》が東京《とうきょう》・代官山《だいかんやま》で開《ひら》く個展会場《こてんかいじょう》の一角《いっかく》に、藍染《あいぞ》めのランチョンマットやテーブルクロスを展示《てんじ》する。「季生《きしょう》」の手仕事《てしごと》は、どう受《う》け止《と》められるだろうか。

＊

笹川《ささがわ》での暮《く》らしも、一人《ひとり》の年月《ねんげつ》の方《ほう》がずっと長《なが》くなった。集落《しゅうらく》の人《ひと》たちの優《やさ》しさや山《やま》の仲間《なかま》たちの気遣《きづか》いを、さとみさんはあらためて感《かん》じている。

季生《としお》さんは、短《みじか》い間《あいだ》にたくさんの思《おも》い出《で》を笹川《ささがわ》に残《のこ》してくれた。一人《ひとり》になっても、ここが、二人《ふたり》のベースキャンプであることに変《か》わりはない。

里山《さとやま》の暮《く》らしの中《なか》から生《う》まれる、さとみさんの藍染《あいぞ》め。作業場《さぎょうば》に飾《かざ》られた写真《しゃしん》の中《なか》から、季生《としお》さんが見守《みまも》っている。

（2016年4月1日掲載《けいさい》）

5

「もったいない」の一滴《ひとしずく》

フードバンク 飽食《ほうしょく》の時代《じだい》に

ＮＰＯ法人《ほうじん》「憩《いこ》いの家《いえ》」＝高岡市《たかおかし》＝のお昼時《ひるどき》。作業《さぎょう》スペース横《よこ》の調理場《ちょうりば》から、おいしそうな匂《にお》いが漂《ただよ》ってきた。

ここは、小箱成形《こばこせいけい》などの軽作業《けいさぎょう》を通《とお》して、精神障害者《せいしんしょうがいしゃ》が生活《せいかつ》リズムを整《ととの》える就労《しゅうろう》継続支援《けいぞくしえん》Ｂ型事業所《がたじぎょうしょ》。創設以来《そうせついらい》、手作《てづく》りの温《あたた》かい食事《しょくじ》を提供《ていきょう》したいと、生活訓練《せいかつくんれん》に調理実習《ちょうりじっしゅう》を取《と》り入《い》れている。スタッフと日替《ひが》わり当番《とうばん》の利用者《りようしゃ》が毎日《まいにち》、およそ30人《にん》分《ぶん》の昼食《ちゅうしょく》を準備《じゅんび》する。

4月《がつ》のある日《ひ》のメーンは、手作《てづく》りコロッケと野菜《やさい》をたっぷり挟《はさ》んだハンバーガー。バーガーのパンは、ＮＰＯ法人《ほうじん》「フードバンクとやま」＝射水市《いみずし》＝から無償《むしょう》で届《とど》いた。副主任《ふくしゅにん》の磯部綾子《いそべあやこ》さんは「限《かぎ》られた事業費《じぎょうひ》ですから、とても助《たす》かっています」。

障害児《しょうがいじ》の放課後等《ほうかごとう》デイサービスを行《おこな》うＮＰＯ法人《ほうじん》「くるみ」＝高岡市《たかおかし》。発達障害《はったつしょうがい》や知的障害《ちてきしょうがい》、ダウン症《しょう》などの子《こ》どもたちが通《かよ》う。その2割弱《わりじゃく》は母子家庭《ぼしかてい》だ。子《こ》どもの貧困問題《ひんこんもんだい》にも取《と》り組《く》む岡本久子理事長《おかもとひさこりじちょう》が言《い》う。「障害《しょうがい》のある子《こ》と幼《おさな》いきょうだいを抱《かか》え、食《た》べ物《もの》にも困《こま》るシングルマザーもいる。フードバンクのパンは届《とど》けたり、持《も》ち帰《かえ》ってもらったりしています」

障害者施設《しょうがいしゃしせつ》のほか、児童養護施設《じどうようごしせつ》や富山型《とやまがた》デイサービス、ホームレス支援団体《しえんだんたい》。週《しゅう》2回《かい》、賞味期限《しょうみきげん》の迫《せま》ったパンを満載《まんさい》し、ほろ付《つ》き軽《けい》トラが駆《か》け回《まわ》る。ハンドルを握《にぎ》るのは、フードバンクとやまの理事長《りじちょう》、川口明美《かわぐちあけみ》さん（45）だ。

＊

広々《ひろびろ》とした店内《てんない》に、商品《しょうひん》を高《たか》く積《つ》み上《あ》げた棚《たな》が並《なら》ぶ。昨年《さくねん》（2015年《ねん》）8月《がつ》、射《い》水市《みずし》にオープンした会員制《かいいんせい》の倉庫型量販店《そうこがたりょうはんてん》「コストコ」の射水倉庫店《いみずそうこてん》。大型《おおがた》の買《か》い物《もの》カートを押《お》し、まとめ買《が》いを楽《たの》しむ人《ひと》たちが行《い》き交《か》う。

フードバンクとやまが施設《しせつ》に届《とど》けるパンは、コストコが無償《むしょう》で提供《ていきょう》している。ロールパン、クロワッサン、ベーグル、あんぱん、カレーパン――。まだ食《た》べられるが、賞味期限間近《しょうみきげんまぢか》で廃棄《はいき》される運命《うんめい》のパンだ。

無料《むりょう》で提供《ていきょう》された安全《あんぜん》な食品《しょくひん》を、困《こま》っている人《ひと》たちに無料《むりょう》で届《とど》ける——。フードバンクの考《かんが》え方《かた》は、とてもシンプルだ。1960年代《ねんだい》に米国《べいこく》で始《はじ》まり、日本《にほん》では2002年《ねん》、東京《とうきょう》に初《はつ》の団体《だんたい》が設立《せつりつ》。現在《げんざい》、全国《ぜんこく》に70団体以上《だんたいいじょう》あるという。

米国生《べいこくう》まれのコストコは本国同様《ほんごくどうよう》、日本《にほん》でもフードバンク活動《かつどう》に協力《きょうりょく》している。射水倉庫店《いみずそうこてん》もオープン前《まえ》から川口《かわぐち》さんと打《う》ち合《あ》わせを重《かさ》ねた。店《みせ》にとっては廃棄《はいき》コストの削減《さくげん》という利点《りてん》もあるが、中村修《なかむらおさむ》ウェアハウスマネージャー（店長《てんちょう》）は、「食品《しょくひん》を有効《ゆうこう》に使《つか》ってもらえ、役立《やくだ》っていることがうれしい。食《しょく》の安全《あんぜん》の面《めん》でも、川口《かわぐち》さんを信頼《しんらい》して提供《ていきょう》しています」と話《はな》す。

昨年《さくねん》10月《がつ》から週《しゅう》2回《かい》のパンの集荷《しゅうか》と分配《ぶんぱい》が始《はじ》まった。それまで定期的《ていきてき》な食品提供《しょくひんていきょう》は月《つき》1回《かい》、パチンコ店《てん》からの景品《けいひん》のお菓子《かし》だけだった。日持《ひも》ちしないパンは、軽《けい》トラに積《つ》み込《こ》んだらすぐ届《とど》けなくてはならない。

幼稚園《ようちえん》で働《はたら》きながらの二足《にそく》のわらじ。職場《しょくば》の理解《りかい》を得《え》て仕事《しごと》をやり繰《く》りし、ボランティアの力《ちから》も借《か》りながら活動《かつどう》を続《つづ》ける。

時間《じかん》と労力《ろうりょく》を惜《お》しみなく注《そそ》ぎながら、川口《かわぐち》さんは笑顔《えがお》を絶《た》やさない。「きっと、誰《だれ》からも『ありがとう』と言《い》ってもらえる活動《かつどう》だからですよ」と、また笑《わら》う。

「もったいない」を何《なん》とかしたい。一人《ひとり》で立《た》ち上《あ》がったのは2009年《ねん》。当時《とうじ》は衣料品店《りょうひんてん》の仕事《しごと》と、思春期《ししゅんき》の2人の子育《こそだ》てに追《お》われるシングルマザー。暮《く》らしに余裕《よゆう》があるわけではなかった。

＊

人《ひと》が一歩《いっぽ》を踏《ふ》み出《だ》すきっかけは、案外《あんがい》、単純《たんじゅん》なことなのかもしれない。川口《かわぐち》さんの場合《ばあい》、日本《にほん》のフードバンクの草分《くさわ》け「セカンドハーベスト・ジャパン」（東京《とうきょう》）を紹《しょう》介《かい》するテレビ番組《ばんぐみ》だった。

以前《いぜん》から、環境問題《かんきょうもんだい》にも、福祉《ふくし》のことにも関心《かんしん》があった。ただ、大《おお》きな問題《もんだい》を前《まえ》に「何《なに》ができるのだろう」と立《た》ちすくんでいた。問題《もんだい》に気付《きづ》いているのに、目《め》をそらしているような後《うし》ろめたさ。「フードバンクなら、経済的《けいざいてき》に余裕《よゆう》のない私《わたし》にもできるかもしれない」。くすぶっていた心《こころ》にスイッチが入《はい》った。

事務所《じむしょ》も倉庫《そうこ》もなし。運搬用《うんぱんよう》の車《くるま》は自家用《じかよう》の乗用車《じょうようしゃ》。一人《ひとり》きりの出発《しゅっぱつ》。やみくもに、でも勇気《ゆうき》を持《も》っての一歩《いっぽ》だった。

「あのハチドリではないけれど——」と、川口《かわぐち》さんは当時《とうじ》を振《ふ》り返《かえ》る。南米《なんべい》アンデスに古《ふる》くから伝《つた》わるハチドリの話《はなし》は、10年《ねん》ほど前《まえ》から日本《にっぽん》で知《し》られるようになった。山火事《やまかじ》で動物《どうぶつ》たちが逃《に》げ出《だ》す中《なか》、小《ちい》さなくちばしで懸命《けんめい》に水滴《すいてき》を運《はこ》ぶ。笑《わら》う動物《どうぶつ》たちにハチドリは言《い》う。「私《わたし》は、私《わたし》にできることをしているだけ」(『ハチドリのひとしずく』辻信一監修《つじしんいちかんしゅう》)。

動《うご》かなければ、何《なに》も始《はじ》まらない。

寄付《きふ》を求《もと》め、手書《てが》きのチラシを手《て》に農家《のうか》を回《まわ》った。何《なに》が必要《ひつよう》か、福祉施設《ふくししせつ》にアンケート用紙《ようし》を配《くば》った。初《はじ》めてコメの寄付《きふ》を受《う》けたのは8カ月後《げつご》だった。

しかし、2回目《かいめ》の分配《ぶんぱい》でつまずく。「コメの味《あじ》がおかしい」。受《う》け取《と》った施設《しせつ》からクレームがきた。めげてもおかしくないのに、なおさら気合《きあい》が入《はい》った。フードバンクは右《みぎ》から左《ひだり》に運《はこ》ぶだけではいけない。「本当《ほんとう》に喜《よろこ》ばれる、おいしいものを届《とど》けよう」

活動《かつどう》への理解者《りかいしゃ》も増《ふ》え、東日本大震災《ひがしにほんだいしんさい》の支援《しえん》では、仙台《せんだい》のフードバンクからの依頼《いらい》で約《やく》2トンの食品《しょくひん》や衛生用品《えいせいようひん》を発送《はっそう》した。

活動《かつどう》が少《すこ》しずつかたちとなり、2年前《ねんまえ》にNPO法人《ほうじん》となった。全国《ぜんこく》のフードバンクとの交流《こうりゅう》も生《う》まれている。

＊

無料《むりょう》で提供《ていきょう》された食品《しょくひん》を無料《むりょう》で配《くば》るフードバンクの活動《かつどう》から、収入《しゅうにゅう》は生《う》まれない。活動《かつどう》を支《ささ》えるのは会員《かいいん》の年会費《ねんかいひ》や寄付《きふ》、募金《ぼきん》、そしてボランティアの力《ちから》が大《おお》きい。

小矢部市《おやべし》のヤマシナ印刷《いんさつ》2階《かい》にあるコミュニティースペース「ELABO《イーラボ》」。パチンコ店《てん》から提供《ていきょう》されたお菓子《かし》の保管場所《ほかんばしょ》の一《ひと》つで、一角《いっかく》に段《だん》ボール箱《ばこ》が高《たか》く積《つ》まれている。

賞味期限《しょうみきげん》をチェックして仕分《しわ》けるのは、スペースに出入《でい》りする人《ひと》たち。それを福祉施設《ふくししせつ》などに届《とど》けるのに、知的障害者《ちてきしょうがいしゃ》たちも活躍《かつやく》している。

「生《い》きづらさを抱《かか》えている人《ひと》を含《ふく》め、いろいろな人《ひと》たちが少《すこ》しずつ自分《じぶん》の役割《やくわり》を提供《ていきょう》できる活動《かつどう》だと思《おも》います」。ELABO《イーラボ》オーナーの山科森《やましなしげる》さんは、そう話《はな》す。コストコのパンの分配《ぶんぱい》にも、薬物依存者《やくぶついぞんしゃ》の回復《かいふく》を支援《しえん》するNPO法人《ほうじん》「富山《とやま》ダルク」＝富《と》山市《やまし》＝のメンバーが携《たずさ》わっている。

食品《しょくひん》を提供《ていきょう》する企業《きぎょう》や農家《のうか》、受《う》け取《と》る団体《だんたい》、そしてフードバンク。三者《さんしゃ》の間《あいだ》に信《しん》頼関係《らいかんけい》を築《きず》ければ、シンプルな活動《かつどう》だけに、さまざまな人《ひと》たちが加《くわ》われる。

「みんなに『ありがとう』と声《こえ》をかけられ、元気《げんき》になれる。お金《かね》では買《か》えない感動《かんどう》があるんです」と川口《かわぐち》さん。「フードバンクをきっかけに、多《おお》くの人《ひと》に食品《しょくひん》ロスや生《せい》活困窮者《かつこんきゅうしゃ》の問題《もんだい》に気付《きづ》いてもらえたら、うれしいですね」

＊

日本《にほん》の食品《しょくひん》ロスは年間《ねんかん》５００万《まん》～８００万《まん》トン。一方《いっぽう》、フードバンクとやまが年間《ねんかん》に取《と》り扱《あつか》うのは10トンにも満《み》たない。「笑《わら》う人《ひと》もいるかもしれません。でも、自分《じぶん》のできることから始《はじ》めなければ、何《なに》も変《か》わらない」

川口《かわぐち》さんはきょうも、ほろ付《つ》きの軽《けい》トラで福祉施設《ふくししせつ》を回《まわ》り、「もったいない」の一《ひと》滴《しずく》を届《とど》ける。あのアンデスのハチドリのように。

人懐《ひとなつ》こい笑顔《えがお》で言《い》う。「フードバンクは多《おお》くの人《ひと》から元気《げんき》がもらえる。活動《かつどう》に参加《さんか》しないのは、それこそ、もったいない」

（２０１６年5月1日掲載《けいさい》）

※本文中《ほんぶんちゅう》、パンについて「賞味期限《しょうみきげん》」としていますが、フードバンクとやまが扱《あつか》うパンには「消費期限《しょうひきげん》」のものもあります。

6

ミツバチのささやき

調和《ちょうわ》と協働《きょうどう》の小《ちい》さな世界《せかい》

緑《みどり》を濃《こ》くする青葉《あおば》に、花々《はなばな》の白《しろ》やピンクが映《は》える初夏《しょか》。暖冬《だんとう》だったせいか、ことし（2016年《ねん》）の県内《けんない》はどの花《はな》も開花《かいか》が早《はや》まっているようだ。花《はな》から花《はな》へ、昆虫《こんちゅう》たちも忙《いそが》しい。

〈花《はな》の御殿《ごてん》の奥座敷《おくざしき》にはおいしい蜜《みつ》がたくさん用意《ようい》してあってこの大切《たいせつ》なお客《きゃく》をもてなします〉（『なぜ花《はな》は匂《にお》うか』）

日本《にっぽん》の植物学《しょくぶつがく》の父《ちち》・牧野富太郎《まきのとみたろう》が、自然界《しぜんかい》の営《いとな》みに向《む》けるまなざしは優《やさ》しい。お客《きゃく》の蜂《はち》やアブたちは蜜《みつ》をいただくだけでなく、ちゃんとお礼《れい》もする。〈他《ほか》の花《はな》からの花《か》粉《ふん》をお土産《みやげ》に置《お》いて、また帰《かえ》りには雄蕊《おしべ》からの花粉《かふん》を身体中《からだじゅう》に浴《あ》びて別《べつ》の花《はな》へと飛《と》んでゆきます〉

農業環境技術研究所《のうぎょうかんきょうぎじゅつけんきゅうじょ》（茨城《いばらき》）の試算《しさん》では、訪花昆虫《ほうかこんちゅう》が日本《にっぽん》の農業《のうぎょう》にもたらす利《り》益《えき》は年間約《ねんかんやく》4700億円《おくえん》に上《のぼ》る。イチゴやリンゴ、スイカなどの実《みの》りを、花粉交配《かふんこうはい》で〝助《すけ》っ人《と》〟たちが支《ささ》えている。その中《なか》で最《もっと》も身近《みぢか》なのはミツバチ（セイヨウミツバチ）

だろう。

1匹《ぴき》の働《はたら》き蜂《ばち》が生涯《しょうがい》に集《あつ》める蜜《みつ》は、わずかティースプーン1杯《ぱい》。短《みじか》い一生《いっしょう》の中《なか》で懸《けん》命《めい》にためた蜂蜜《はちみつ》は、自然《しぜん》の恵《めぐ》みそのもの。冬《ふゆ》イチゴのハウス栽培《さいばい》では、季節外《きせつはず》れの授《じゅ》粉仕事《ふんしごと》に精《せい》を出《だ》す。

体長《たいちょう》1センチ余《あま》りのミツバチは、人《ひと》が飼育《しいく》する最小《さいしょう》の家畜《かちく》だ。高齢化《こうれいか》などで生業《なりわい》としての養蜂業《ようほうぎょう》は細《ほそ》るが、教育《きょういく》の現場《げんば》で、あるいは環境《かんきょう》を考《かんが》えるきっかけとして、ミツバチを仲間《なかま》とする人《ひと》たちが増《ふ》えている。

＊

2014年《ねん》10月《がつ》、名古屋《なごや》市《し》の名古屋学院大《なごやがくいんだい》で「全国学生養蜂《ぜんこくがくせいようほう》サミット」が開《ひら》かれた。日本初《にほんはつ》というイベントに参加《さんか》したのは、6都道府県《とどうふけん》の大学《だいがく》と高校《こうこう》から7団体《だんたい》。1年間《ねんかん》の成果《せいか》や苦労《くろう》などを話《はな》し合《あ》う中《なか》に、同年《どうねん》4月《がつ》から養蜂《ようほう》を始《はじ》めた富山商業高校《とやましょうぎょうこうこう》の生徒《せいと》たちの姿《すがた》があった。

校舎《こうしゃ》の屋上《おくじょう》でミツバチを飼育《しいく》する「富商《とみしょう》ミツバチプロジェクト」。流通経済科《りゅうつうけいざいか》3年《ねん》生《せい》が「商品開発《しょうひんかいはつ》」の授業《じゅぎょう》として取《と》り組《く》み、ことしで3年目《ねんめ》を迎《むか》えた。

「屋上養蜂《おくじょうようほう》」の発火点《はっかてん》は、2006年《ねん》に始《はじ》まった「銀座《ぎんざ》ミツバチプロジェクト」だ。東京《とうきょう》の、それも都心《としん》のビルの屋上《おくじょう》でミツバチを飼《か》い、採《と》れた蜂蜜《はちみつ》を使《つか》って銀座《ぎんざ》ならではの各種《かくしゅ》スイーツが生《う》まれている。「銀座《ぎんざ》でミツバチが飼《か》えるのか」という驚《おどろ》きとともに、全国《ぜんこく》に取《と》り組《く》みが広《ひろ》がった。

富商《とみしょう》ミツバチプロジェクトを立《た》ち上《あ》げた荒川剛先生《あらかわたけしせんせい》も屋上養蜂《おくじょうようほう》を知《し》り、授業《じゅぎょう》に取《と》り入《い》れられないかと考《かんが》えた。「原材料《げんざいりょう》の調達《ちょうたつ》から製造《せいぞう》、販売《はんばい》、広報《こうほう》まで、養蜂《ようほう》を通《とお》して商品《しょうひん》ができる過程《かてい》を学《まな》べるはず」

ただ、多《おお》くの人《ひと》が「蜂《はち》は刺《さ》すから怖《こわ》い」と思《おも》っている。恐怖心《きょうふしん》から過剰《かじょう》に反応《はんのう》すると刺《さ》されることがある。800人《にん》を超《こ》える生徒《せいと》がいる学校《がっこう》で安全《あんぜん》が保《たも》てるのか。虫《むし》が嫌《きら》いな女子生徒《じょしせいと》も多《おお》い。

『私《わたし》たちに出会《であ》っても驚《おどろ》かないで。そっとしておくと、どこかへ行《い》くから』。かわいいミツバチのイラスト入《い》りポスターで全校《ぜんこう》に周知《しゅうち》を図《はか》った。運動部《うんどうぶ》の生徒《せいと》たちが利用《りよう》する体育館横《たいいくかんよこ》の水場《みずば》にも、こんな貼《は》り紙《がみ》。『ここの水《みず》は冷《つめ》たくておいしいので、私《わたし》たちも一緒《いっしょ》に飲《の》ませてください』。刺《さ》された場合《ばあい》の対応《たいおう》マニュアルも準備《じゅんび》した。安全面《あんぜんめん》にも配慮《はいりょ》して、プロジェクトはスタートした。

*

4階建《かいだ》て校舎屋上《こうしゃおくじょう》の、給水塔《きゅうすいとう》とフェンスに囲《かこ》まれたスペースが巣箱《すばこ》の置《お》き場《ば》だ。木製《もくせい》の巣箱《すばこ》の中《なか》は、「巣板《すばん》」が10枚《まい》まで掛《か》けられる。ミツバチは巣板《すばん》に、六角形《ろっかくけい》の巣穴《すあな》が規則正《きそくただ》しく並《なら》んだ巣《す》を作《つく》る。多《おお》いときには一《ひと》つの巣箱《すばこ》に約《やく》2万匹《まんびき》がひしめき合《あ》う。社会性昆虫《しゃかいせいこんちゅう》であるミツバチの群《むれ》は、1匹《ぴき》の女王蜂《じょおうばち》と群《むれ》のほとんどを占《し》める雌《めす》の働《はたら》き蜂《ばち》、少数《しょうすう》の雄蜂《おすばち》から成《な》り、役割分担《やくわりぶんたん》をして暮《く》らしている。

5月中旬《がつちゅうじゅん》。お世話係《せわがかり》の生徒《せいと》たちと荒川先生《あらかわせんせい》、当初《とうしょ》から指導《しどう》に当《あ》たる県養蜂協会理事《けんようほうきょうかいりじ》の西嶋之春《にしじまゆきはる》さん（76）＝富山市《とやまし》＝が屋上《おくじょう》に集《あつ》まった。この日《ひ》は、生徒《せいと》たちが初《はじ》めて巣箱《すばこ》から巣板《すばん》を引《ひ》き出《だ》し、ミツバチの状態《じょうたい》や蜜《みつ》のたまり具合《ぐあい》などをチェックした。西嶋《にしじま》さんの助言《じょげん》は「丁寧《ていねい》に巣板《すばん》を扱《あつか》うこと」。ミツバチが機嫌《きげん》を損《そこ》ねるからだ。ミツバチの社会《しゃかい》をそっと見学《けんがく》させてもらう、そんな気持《きも》ちなら、おとなしい。

まだ群《むれ》の勢《いきお》いが弱《よわ》いせいか、蜜《みつ》はあまりたまっていなかった。プロジェクト代表《だいひょう》の栗原宏太《くりはらこうた》さん（17）は、「蜂蜜《はちみつ》でずっしりと重《おも》くなった巣板《すばん》を持《も》ってみたい」。蜂蜜《はちみつ》は秋《あき》の販売実習《はんばいじっしゅう》で、瓶詰《びんづ》めと蜂蜜《はちみつ》を使《つか》ったオリジナル商品《しょうひん》を販売《はんばい》する。昨年《さくねん》は整理券《せいりけん》を出《だ》すほどの人気《にんき》で、生徒《せいと》たちを驚《おどろ》かせた。

ミツバチを取《と》り巻《ま》く環境《かんきょう》にも、生徒《せいと》たちは目《め》を向《む》け始《はじ》めた。ことしから取《と》り組《く》む「花《はな》の種《たね》プロジェクト」。全校生徒《ぜんこうせいと》に呼《よ》び掛《か》け、家庭《かてい》から花《はな》の種《たね》を持《も》ち寄《よ》ってもらう。校内《こうない》に花《はな》をいっぱい咲《さ》かせ、蜜源《みつげん》にする計画《けいかく》だ。荒川先生《あらかわせんせい》は「息《いき》の長《なが》い活動《かつどう》として養《よう》蜂《ほう》に取《と》り組《く》みたい」と話《はな》す。

＊

昭和《しょうわ》30年代《ねんだい》に約《やく》３００戸《こ》を数《かぞ》えた県内《けんない》の養蜂家《ようほうか》は、２００5年《ねん》に16戸《こ》まで減《へ》った。その後増加《ごぞうか》に転《てん》じ、14年《ねん》には30戸《こ》と倍近《ばいちか》くに。増加傾向《ぞうかけいこう》は全国《ぜんこく》も同《おな》じだ。

日本《にほん》の養蜂業《ようほうぎょう》は食糧《しょくりょう》不足《ぶそく》の敗戦後《はいせんご》にピークを迎《むか》えた。蜂蜜《はちみつ》は貴重《きちょう》な栄養源《えいようげん》だった。高度経済成長《こうどけいざいせいちょう》を迎《むか》えると、都市化《としか》や農業《のうぎょう》の機械化《きかいか》でレンゲなどの蜜源《みつげん》植物《しょくぶつ》が減少《げんしょう》。農薬《のうやく》の普及《ふきゅう》や蜂蜜《はちみつ》の輸入《ゆにゅう》自由化《じゆうか》も加《くわ》わり、担《にな》い手《て》が減《へ》り続《つづ》けた。

生業《なりわい》としての養蜂業《ようほうぎょう》が縮小《しゅくしょう》に向《む》かう中《なか》、銀座《ぎんざ》ミツバチプロジェクトのような都市養《としよう》蜂《ほう》が注目《ちゅうもく》され、「趣味《しゅみ》の養蜂家《ようほうか》」たちが増《ふ》えた。富山商《とやましょう》で指導《しどう》する西嶋《にしじま》さんも定年後《ていねんご》に始《はじ》めた一人《ひとり》だ。

県内《けんない》で趣味養蜂《しゅみようほう》が広《ひろ》がり始《はじ》めた２００5年《ねん》、佐伯元《さえきげん》さん（51）＝立山町《たてやままち》＝を中心《ちゅうしん》に養蜂家《ようほうか》グループ「ビーフレンド富山《とやま》」が結成《けっせい》された。確《たし》かな養蜂《ようほう》技術《ぎじゅつ》を持《も》ち、蜂蜜《はちみつ》の品質《ひんしつ》にも人一倍《ひといちばい》こだわる佐伯《さえき》さんだが、「僕《ぼく》にとって『養蜂家《ようほうか》』は名刺代《めいしが》わりのようなものかな」と言《い》う。

原点《げんてん》は、「豊《ゆた》かな里山《さとやま》を次世代《じせだい》に残《のこ》したい」という思《おも》い。佐伯《さえき》さんにとって、養蜂《ようほう》は、環境《かんきょう》の変化《へんか》に敏感《びんかん》なミツバチを通《とお》して生態系《せいたいけい》を見《み》つめ直《なお》すための引《ひ》き金《がね》だ。蜜源《みつげん》となる広葉樹《こうようじゅ》の植樹《しょくじゅ》や、地域《ちいき》を花《はな》でいっぱいにしようという活動《かつどう》につながる。

蜜《みつ》ろうを利用《りよう》したギター用《よう》ワックスの製作《せいさく》。蜂蜜《はちみつ》を使《つか》った化粧品開発《けしょうひんかいはつ》への協力《きょうりょく》。蜂蜜《はちみつ》の生産《せいさん》以外《いがい》にも、幅広《はばひろ》い活動《かつどう》を通《とお》して養蜂《ようほう》の魅力《みりょく》、ミツバチの力《ちから》を伝《つた》えてきた。ビーフレンドでは、イチゴのハウス栽培農家《さいばいのうか》向《む》けを中心《ちゅうしん》に、花粉交配用《かふんこうはいよう》ミツバチの飼《し》育《いく》にも力《ちから》を入《い》れている。

いま期待《きたい》を寄《よ》せるのは、地域《ちいき》に根差《ねざ》して活動《かつどう》する若者《わかもの》たちだ。木《き》と関《かか》わる家具《かぐ》職《しょく》人《にん》や木工作家《もっこうさっか》、地産地消《ちさんちしょう》にこだわる飲食店主《いんしょくてんしゅ》ら。彼《かれ》らの仕事《しごと》と養蜂《ようほう》を組《く》み合《あ》わせれば、里山再生《さとやまさいせい》への輪《わ》が広《ひろ》がる。「ミツバチは花粉交配《かふんこうはい》もするけれど、人《ひと》と人《ひと》を結《むす》び付《つ》ける魅力《みりょく》もあると思《おも》っています」

里山《さとやま》を守《まも》り育《そだ》てる〝仲間《なかま》〟として、佐伯《さえき》さんのミツバチへの愛情《あいじょう》は深《ふか》い。巣《す》の様子《ようす》を眺《なが》めて飽《あ》きることがない。「働《はたら》き蜂《ばち》はどんなときでも前向《まえむ》きで元気《げんき》をもらいます」

＊

働《はたら》き蜂《ばち》は短《みじか》い一生《いっしょう》の中《なか》で、「日齢《にちれい》」によって役割《やくわり》が異《こと》なる。内勤《ないきん》の若《わか》い蜂《はち》は巣《す》の掃《そう》除《じ》や幼虫《ようちゅう》の世話《せわ》、蜜《みつ》の貯蔵《ちょぞう》にいそしむ。大人《おとな》になれば蜜《みつ》や花粉《かふん》を集《あつ》める外勤《がいきん》だ。外敵《がいてき》に襲《おそ》われたときは真《ま》っ先《さき》に立《た》ち向《む》かう。

欧米《おうべい》ではミツバチの減少《げんしょう》が問題《もんだい》になっている。調和《ちょうわ》を保《たも》ち、協働《きょうどう》しながら暮《く》らす小《ち》さな世界《せかい》。その羽音《はおと》に耳《みみ》を澄《す》ますと、「人間社会《にんげんしゃかい》はどうなの」と問《と》う、ミツバチのささやきが聞《き》こえてくるようだ。

（2016年6月1日掲載《けいさい》）

7

夏《なつ》の味《あじ》〝受難《じゅなん》〟の苦《にが》み

ドジョウと流刑《るけい》キリシタン

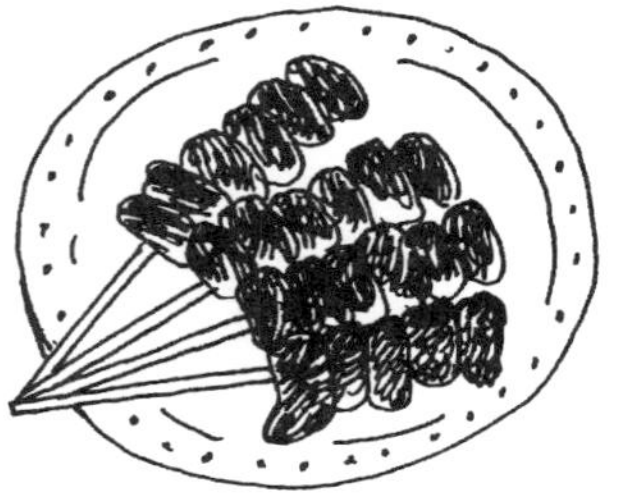

ことし（2016年《ねん》）の土用《どよう》の丑《うし》は7月《がつ》30日《にち》。夏《なつ》のスタミナ源《げん》ならウナギというのが専《もっぱ》らだが、県西部《けんせいぶ》では「ドジョウのかば焼《や》き」が伝統《でんとう》の味《あじ》として親《した》しまれている。背開《せびら》きにして竹串《たけぐし》に3〜4切《き》れを刺《さ》し、炭火《すみび》でじっくり焼《や》き上《あ》げる。黒々《くろぐろ》として硬《かた》そうな見《み》た目《め》ながら、栄養価《えいようか》はウナギに劣《おと》らず、独特《どくとく》の食感《しょっかん》と苦《にが》みが後《あと》を引《ひ》く。焼《や》き加減《かげん》と店《みせ》ごとの甘辛《あまから》いタレが味《あじ》の決《き》め手《て》だ。

ドジョウのかば焼《や》きを出《だ》す店《みせ》は、南砺市《なんとし》を中心《ちゅうしん》にいまも10軒《けん》ほどある。2年前《ねんまえ》までは組合《くみあい》もあり、毎年《まいとし》ドジョウ供養《くよう》をしていた。同市福光地域《どうしふくみつちいき》の商店街《しょうてんがい》で3代続《だいつづ》く専門《せんもん》店《てん》「杓子屋《しゃくしや》」店主《てんしゅ》、竹本明弘《たけもとあきひろ》さん（57）によると、昭和《しょうわ》40年代《ねんだい》には20軒近《けんちか》くが加盟《かめい》していた。

かつては近所《きんじょ》の田《た》んぼや用水《ようすい》に当《あ》たり前《まえ》にいたドジョウは、ほ場整備《じょうせいび》や農薬《のうやく》の普《ふ》及《きゅう》で激減《げきげん》した。明治時代《めいじじだい》から続《つづ》くかば焼《や》きも県外産《けんがいさん》、外国産頼《がいこくさんだの》みとなって久《ひさ》しい。そうした中《なか》、休耕田《きゅうこうでん》などで養殖《ようしょく》して地元産《じもとさん》を増《ふ》やす試《こころ》みが始《はじ》まっている。

杓子屋《しゃくしや》はことし、地元有志《じもとゆうし》が育《そだ》てた福光産《ふくみつさん》ドジョウのかば焼《や》きを売《う》り出《だ》した。竹本《たけもと》さんは「県外産《けんがいさん》に比《くら》べると割高《わりだか》ですが、地産地消《ちさんちしょう》で地域《ちいき》を盛《も》り上《あ》げたい」と話《はな》す。ドジョウ養殖《ようしょく》の技術《ぎじゅつ》を県内《けんない》に広《ひろ》めているグループがある。その名《な》も「どじょう同好会《どうこうかい》」だ。

＊

小矢部市《おやべし》の市街地《しがいち》から、上《のぼ》り坂《ざか》とカーブが続《つづ》く国道《こくどう》471号《ごう》を車《くるま》で約《やく》15分《ふん》。石川県境《いしかわけんきょう》に近《ちか》い荒間集落《あらましゅうらく》を過《す》ぎると、「ドジョウ養殖場《ようしょくじょう》」という小《ちい》さな看板《かんばん》が見《み》えてくる。国道沿《こくどうぞ》いに養殖池《ようしょくいけ》が五《いつ》つ。いずれも、3年前《ねんまえ》に「同好会《どうこうかい》」を立《た》ち上《あ》げた本吉信夫《もとよしのぶお》さん（66）＝小矢部市埴生《おやべしはにゅう》＝が休耕田《きゅうこうでん》を造成《ぞうせい》したものだ。「低《てい》コストで重労働《じゅうろうどう》も伴《ともな》わず、高齢者《こうれいしゃ》でも取《と》り組《く》めるのがドジョウ養殖《ようしょく》です」。かば焼《や》きという販路《はんろ》があるから、ある程度《ていど》の収入《しゅうにゅう》が見込《みこ》めるのも強《つよ》みだ。

過疎《かそ》と高齢化《こうれいか》が進《すす》む荒間《あらま》は、本吉《もとよし》さんの出身地《しゅっしんち》。荒廃《こうはい》する休耕田《きゅうこうでん》を何《なん》とかしたいと思《おも》いを巡《めぐ》らしていたとき、農業講習会《のうぎょうこうしゅうかい》で金沢市《かなざわし》の松浦明久《まつうらあきひさ》さん（48）と出会《であ》った。松浦《まつうら》さんは農業資材《のうぎょうしざい》の会社《かいしゃ》を経営《けいえい》する傍《かたわ》ら、ドジョウの稚魚養殖《ちぎょようしょく》に取《と》り組《く》んでいた。

金沢《かなざわ》はドジョウのかば焼《や》きの本場《ほんば》で、県西部《けんせいぶ》にも明治《めいじ》のころ金沢《かなざわ》から伝《つた》わったといわれる。観光客《かんこうきゃく》にも人気《にんき》の金沢名物《かなざわめいぶつ》だが、いまは県外産《けんがいさん》、外国産《がいこくさん》がほとんど。松浦《まつうら》さんは「伝統《でんとう》の食文化《しょくぶんか》だからこそ地元産《じもとさん》で」と考《かんが》えていた。「休耕田《きゅうこうでん》を生《い》かしたい」「地元産《じもとさん》のドジョウを増《ふ》やしたい」。県境《けんきょう》を越《こ》え思《おも》いが重《かさ》なった2人は、自然《しぜん》に近《ちか》い環境下《かんきょうか》で養殖《ようしょく》する方法《ほうほう》を追求《ついきゅう》してきた。

2人の実践《じっせん》は、少《すこ》しずつ広《ひろ》がりをみせている。福光地域《ふくみつちいき》の有志《ゆうし》のように養殖池《ようしょくいけ》を始《はじ》める人《ひと》たちが増《ふ》え、富山市《とやまし》の中央農業高校《ちゅうおうのうぎょうこうこう》ではドジョウを水田《すいでん》に放《はな》ち、「ドジョウ米《まい》」という無農薬米《むのうやくまい》の栽培《さいばい》を始《はじ》めた。

全国的《ぜんこくてき》にも珍《めずら》しいドジョウのかば焼《や》きがなぜ金沢名物《かなざわめいぶつ》になったのか。本吉《もとよし》さんは養《よう》殖《しょく》に取《と》り組《く》むようになって由来《ゆらい》を知《し》り、その意外《いがい》な歴史《れきし》に驚《おどろ》いた。

幕末《ばくまつ》から明治初期《めいじしょき》にかけて起《お》こった、最大規模《さいだいきぼ》のキリシタン弾圧《だんあつ》といわれる「浦上《うらかみ》四番崩《よんばんくず》れ」。長崎《ながさき》・浦上《うらかみ》から金沢《かなざわ》に流刑《るけい》になったキリシタンたちが生活《せいかつ》の糧《かて》として売《う》り歩《ある》いたのが、その発祥《はっしょう》とされる。

ドジョウのかば焼《や》きは、異郷《いきょう》の地《ち》で命《いのち》をつなぐ食《た》べ物《もの》だった。

＊

江戸時代《えどじだい》のキリシタン迫害《はくがい》については知《し》られていても、明治《めいじ》になってなお迫害《はくがい》が続《つづ》いていたことはあまり知《し》られていない。

「浦上四番崩《うらかみよんばんくず》れ」は、隠《かく》れキリシタンの村《むら》・浦上《うらかみ》への4度目《どめ》の弾圧《だんあつ》のことを指《さ》す。3394人《にん》が全国《ぜんこく》20藩《はん》に流刑《るけい》となり、病気《びょうき》や飢《う》えなどで613人《にん》が亡《な》くなったとされる。

長崎市街地《ながさきしがいち》の北《きた》に位置《いち》する浦上《うらかみ》は、江戸時代《えどじだい》の250年《ねん》にわたる禁教下《きんきょうか》にもひそかに信仰《しんこう》を守《まも》り続《つづ》けてきた。幕末《ばくまつ》になって大浦天主堂《おおうらてんしゅどう》が外国人居留地《がいこくじんきょりゅうち》に完成《かんせい》すると、

3人《にん》の女性信者《じょせいしんじゃ》がフランス人神父《じんしんぷ》に信仰《しんこう》を告白《こくはく》。「信徒発見《しんとはっけん》」と呼《よ》ばれる感動的《かんどうてき》な出来事《できごと》だったが、徳川幕府《とくがわばくふ》のキリシタン禁制《きんせい》を受《う》け継《つ》ぐ明治政府《めいじせいふ》は1869（明治《めいじ》2）年《ねん》、浦上《うらかみ》キリシタンを捕《と》らえ各地《かくち》に配流《はいる》する。

最《もっと》も多《おお》くの500人余《にんあま》りが流《なが》されたのが版籍奉還後《はんせきほうかんご》の金沢藩《かなざわはん》だった。幽閉《ゆうへい》されたのは卯辰山《うたつやま》の家屋《かおく》。改宗《かいしゅう》を迫《せま》られ、慣《な》れない土地《とち》で乏《とぼ》しい食事《しょくじ》や寒《さむ》さに耐《た》えなければならなかった。この悲惨《ひさん》な状況《じょうきょう》が英字新聞《えいじしんぶん》に載《の》ると諸外国《しょがいこく》から抗議《こうぎ》が強《つよ》まり、明治政府《めいじせいふ》は1873（明治《めいじ》6）年《ねん》になって禁制《きんせい》を解《と》き、浦上《うらかみ》へ帰《かえ》ることが認《みと》められた。

外圧《がいあつ》で禁《きん》が緩《ゆる》んだころから、キリシタンたちは小川《おがわ》のドジョウをかば焼《や》きにして売《う》り歩《ある》いたといわれる。縁《えん》もゆかりもない異郷《いきょう》で生《い》きる術《すべ》だったかば焼《や》きは、皮肉《ひにく》なことに、金沢名物《かなざわめいぶつ》に育《そだ》っていった。

「栄養《えいよう》があっておいしいから名物《めいぶつ》になったのでしょう。ありがたい置《お》き土産《みやげ》です」と話《はな》すのは、キリシタン史《し》を研究《けんきゅう》する木越邦子《きごしくにこ》さん（72）＝金沢市《かなざわし》。かば焼《や》きを売《う》り歩《ある》く浦上《うらかみ》キリシタンたちの姿《すがた》を思《おも》い浮《う》かべ、「近代化《きんだいか》を急《いそ》いだ明治《めいじ》という時代《じだい》の、その矛盾《むじゅん》を背負《せお》わされた人《ひと》たちだったと思《おも》います」と心《こころ》を寄《よ》せる。

＊

受難《じゅなん》の記憶《きおく》を宿《やど》すのは、金沢《かなざわ》だけではない。配流地《はいるち》の中《なか》で浦上《うらかみ》から最《もっと》も遠《とお》かった富《と》山藩《やまはん》にも42人《にん》が流《なが》され、ある夫婦《ふうふ》の悲話《ひわ》が伝《つた》えられている。

富山藩《とやまはん》では9歳以上《さいいじょう》は夫婦《ふうふ》も親子《おやこ》も別々《べつべつ》に一人《ひとり》ずつ寺院《じいん》に預《あず》けられ、僧侶《そうりょ》から改《かい》宗《しゅう》を迫《せま》られた。囚人《しゅうじん》と同《おな》じように、首《くび》には鉄輪《かなわ》をはめられたという。改心《かいしん》しない限《かぎ》り面会《めんかい》が許《ゆる》されない中《なか》、固《かた》く信仰《しんこう》を守《まも》り続《つづ》けてきたリーダー格《かく》の重次《じゅうじ》郎《ろう》が棄教《ききょう》する。別《べつ》の寺《てら》にいる身重《みおも》の妻《つま》きくの容体《ようだい》を心配《しんぱい》してのことだったとされる。

重次郎《じゅうじろう》はきくの元《もと》に駆《か》けつけたが、難産《なんざん》のため母子《ぼし》ともに亡《な》くなった。地元《じもと》の人《ひと》たちは母子《ぼし》を悼《いた》み、地蔵《じぞう》を祭《まつ》った。

その「きくの塚《つか》」は、富山市婦中町長沢《とやましふちゅうまちながさわ》にある。かつては集落《しゅうらく》と集落《しゅうらく》をつなぐ細《ほそ》い山道沿《やまみちぞ》いにあったが、国道《こくどう》359号《ごう》のバイパスによって道《みち》は寸断《すんだん》され、いまはほとんど人《ひと》が通《とお》らなくなった。静《しず》けさの中《なか》、行《い》き交《か》う車《くるま》の音《おと》だけが聞《き》こえてくる。うっそうと茂《しげ》る木々《きぎ》の間《あいだ》に祠《ほこら》がひっそりとたたずみ、その中《なか》にはお地蔵様《じぞうさま》とマリア像《ぞう》が並《なら》んで納《おさ》められている。

地蔵《じぞう》は、長《なが》く地元《じもと》の人《ひと》たちが大切《たいせつ》に守《まも》ってきた。1981(昭和《しょうわ》56)年《ねん》にカトリック富山教会《とやまきょうかい》が地蔵《じぞう》の隣《となり》にマリア像《ぞう》を安置《あんち》し、地元住民《じもとじゅうみん》たちの寄進《きしん》で十字架《じゅうじか》をあしらった立派《りっぱ》な祠《ほこら》が建《た》てられた。

人《ひと》けのなくなった山道《やまみち》を、いまも地元《じもと》の人《ひと》たちや教会関係者《きょうかいかんけいしゃ》が除草《じょそう》している。40年《ねん》近《ちか》く毎年《まいとし》欠《か》かさず訪《おとず》れている信徒《しんと》の女性《じょせい》(72)=富山市《とやまし》=は、「想像《そうぞう》できないような苦労《くろう》をした人《ひと》たちが身近《みぢか》にいたことを、若《わか》い人《ひと》たちに伝《つた》えていきたい」と話《はな》す。

*

小矢部市荒間《おやべしあらま》の養殖池《ようしょくいけ》。「試《ため》しに」と言《い》って、本吉《もとよし》さんが池《いけ》から捕獲器《ほかくき》を引《ひ》き上《あ》げた。何十匹《なんじゅっぴき》というドジョウが元気《げんき》に動《うご》き回《まわ》っている。かば焼《や》きに適《てき》した大《おお》きさに育《そだ》ち、高岡市内《たかおかしない》の専門店《せんもんてん》に出荷《しゅっか》する予定《よてい》だ。

「地元産《じもとさん》のドジョウを増《ふ》やす意義《いぎ》をあらためて感《かん》じています」。由来《ゆらい》を知《し》り、本吉《もとよし》さんと松浦《まつうら》さんは思《おも》いを新《あら》たにする。

夏《なつ》の味《あじ》をかみ締《し》めると、独特《どくとく》のほのかな苦《にが》みが走《はし》る。受難《じゅなん》の歴史《れきし》が、隠《かく》し味《あじ》のように、その苦《にが》みを深《ふか》くする。

（２０１６年７月１日掲載《けいさい》）

8

平和《へいわ》を願《ねが》う歌声《うたごえ》

被爆《ひばく》エノキと『大地讃頌《だいちさんしょう》』

71回目《かいめ》の「原爆《げんばく》の日《ひ》」を迎《むか》える夏《なつ》、広島《ひろしま》で被爆《ひばく》した原爆死没者《げんばくしぼっしゃ》は初《はじ》めて30万人《まんにん》を超《こ》える。毎年《まいとし》8月《がつ》6日《か》の平和記念式典《へいわきねんしきてん》で、昨夏以降《さっかいこう》に亡《な》くなった人《ひと》たちの名前《なまえ》を記《しる》した名簿《めいぼ》が原爆慰霊碑《げんばくいれいひ》に納《おさ》められる。2015年《ねん》の時点《じてん》で109冊《さつ》、29万《まん》7684人《にん》だった。

今年《ことし》（2016年《ねん》）納《おさ》められる名簿《めいぼ》には昨年《さくねん》8月《がつ》に91歳《さい》で亡《な》くなった、広島市《ひろしまし》の福《ふく》田安次《だやすじ》さんの名前《なまえ》があるだろう。病室《びょうしつ》のテレビで平和記念式典《へいわきねんしきてん》を見届《みとど》け、2日後《かご》に息《いき》を引《ひ》き取《と》った。がんを患《わずら》い、約《やく》5年間《ねんかん》寝《ね》たきりだった。

被爆《ひばく》したときは21歳《さい》。爆心地《ばくしんち》から約《やく》4キロ南《みなみ》の広島《ひろしま》・宇品《うじな》に置《お》かれた陸軍船舶部隊《りくぐんせんぱくぶたい》に所属《しょぞく》し、被爆者《ひばくしゃ》の救護《きゅうご》に当《あ》たった。戦後《せんご》も宇品《うじな》に暮《く》らし、定年後《ていねんご》は語《かた》り部《べ》となった。

亡《な》くなる2年前《ねんまえ》の2013年《ねん》4月《がつ》。修学旅行《しゅうがくりょこう》で広島《ひろしま》を訪《おとず》れた南砺市吉江《なんとしよしえ》中学校《ちゅうがっこう》の校長《こうちょう》が病室《びょうしつ》を訪《たず》ねた。福田《ふくだ》さんに手渡《てわた》したビデオには、たったいま、平和記念公園《へいわきねんこうえん》で合唱曲《がっしょうきょく》『大地讃頌《だいちさんしょう》』（『土《つち》の歌《うた》』の第《だい》7楽章《がくしょう》）を歌《うた》った生徒《せいと》たちの姿《すがた》が収《おさ》まっていた。

母《はは》なる大地《だいち》の懐《ふところ》に　我《われ》ら人《ひと》の子《こ》の喜《よろこ》びはある　大地《だいち》を愛《あい》せよ　大地《だいち》に生《い》きる人《ひと》の子《こ》ら　その立《た》つ土《つち》に感謝《かんしゃ》せよ

（大木惇夫《おおきあつお》作詞《さくし》・佐藤眞《さとうしん》作曲《さっきょく》）

3年生《ねんせい》78人《にん》の力強《ちからづよ》い歌声《うたごえ》が病室《びょうしつ》に響《ひび》く。ビデオの小《ちい》さなモニターを見《み》つめ、耳《みみ》を澄《す》ませる福田《ふくだ》さんの頬《ほほ》を涙《なみだ》が伝《つた》った。初《はじ》めて吉江中生徒《よしえちゅうせいと》の歌声《うたごえ》を聞《き》いたのは19年前《ねんまえ》。以来《いらい》、寝《ね》たきりになるまでほぼ毎年《まいとし》、平和記念公園《へいわきねんこうえん》で歌《うた》う姿《すがた》を見守《みまも》ってきた。モニターの中《なか》の再会《さいかい》が、最後《さいご》となった。

＊

暑《あつ》い季節《きせつ》によく葉《は》を茂《しげ》らす榎《エノキ》は、夏《なつ》の木《き》と書《か》く。かつては街道《かいどう》の一里塚《いちりづか》としても植《う》えられ、大樹《たいじゅ》ともなれば、旅人《たびびと》が憩《いこ》う木陰《こかげ》をつくった。吉江中学校《よしえちゅうがっこう》の西門《せいもん》のそばに、高《たか》さ約《やく》5メートルに育《そだ》ったエノキがある。19年前《ねんまえ》の

1997年《ねん》、広島《ひろしま》の福田《ふくだ》さんから贈《おく》られてきたときは、まだ1メートルほどのか細《ぼそ》い苗木《なえぎ》だった。

普通《ふつう》のエノキではない。「被爆《ひばく》エノキ2世《せい》」と呼《よ》ばれ、全国約《ぜんこくやく》20の小中学校《しょうちゅうがっこう》などで育《そだ》つ1本《ぽん》だ。

その年《とし》の4月《がつ》、修学旅行《しゅうがくりょこう》で訪《おとず》れた広島《ひろしま》・平和記念公園《へいわきねんこうえん》。「原爆《げんばく》の子《こ》の像《ぞう》」の前《まえ》で、3年生《ねんせい》は平和《へいわ》への願《ねが》いを込《こ》め『大地讃頌《だいちさんしょう》』を歌《うた》い上《あ》げた。以後《いご》、毎年恒例《まいとしこうれい》になる合唱《がっしょう》は、この年《とし》から始《はじ》まった。

その初《はじ》めての歌声《うたごえ》を偶然《ぐうぜん》、福田《ふくだ》さんは聴《き》いた。島根県《しまねけん》の小学生《しょうがくせい》を連《つ》れて公園内《こうえんない》を案内《あんない》しているときだった。

いまでこそ「原爆《げんばく》の子《こ》の像《ぞう》」の前《まえ》で歌《うた》を披露《ひろう》する学校《がっこう》もあるが、当時《とうじ》はほとんどなかった。しかし物珍《ものめずら》しさだけで、福田《ふくだ》さんの耳《みみ》に歌声《うたごえ》が留《と》まったわけではない。

この年《とし》の夏《なつ》に吉江中吹奏楽部《よしえちゅうすいそうがくぶ》はハンガリーでのカーニバルで1位《い》となり、2年後《ねんご》の1999年《ねん》から3年連続《ねんれんぞく》で全国大会金賞《ぜんこくたいかいきんしょう》に輝《かがや》く。97年当時《ねんとうじ》は全国《ぜんこく》に名《な》をはせる直前《ちょくぜん》の、いわば胎動期《たいどうき》。熱心《ねっしん》な音楽教諭《おんがくきょうゆ》を中心《ちゅうしん》に、学校全体《がっこうぜんたい》に音楽《おんがく》を愛《あい》する心《こころ》が育《はぐく》まれていた。そんな生徒《せいと》たちの合唱《がっしょう》は、誰《だれ》が聴《き》いても心動《こころうご》かされるものだったに違《ちが》いない。

歌声《うたごえ》に加《くわ》え、堂々《どうどう》と歌《うた》う姿《すがた》にも感動《かんどう》を覚《おぼ》えた福田《ふくだ》さんは、原爆資料館《げんばくしりょうかん》で一緒《いっしょ》になると、思《おも》わず生徒《せいと》たちに声《こえ》を掛《か》けた。誠実《せいじつ》に応《おう》じてくれるその態度《たいど》に、感激《かんげき》はさらに深《ふか》まった。

1カ月後《げつご》、福田《ふくだ》さんから3年生《ねんせい》に届《とど》いた手紙《てがみ》にはこう記《しる》されていた。「平和《へいわ》のシンボルとして被爆《ひばく》エノキ2世《せい》を育《そだ》て、後輩《こうはい》たちに語《かた》り伝《つた》えていきませんか」「この学校《がっこう》の生徒《せいと》なら、きっと大切《たいせつ》に被爆《ひばく》エノキ2世《せい》を育《そだ》ててくれる」

*

母《はは》なるエノキは、幹回《みきまわ》り約《やく》2・5メートルの大木《たいぼく》だったという。爆心地《ばくしんち》から北《きた》に約《やく》1キロの広島第《ひろしまだい》2陸軍病院《りくぐんびょういん》の中庭《なかにわ》にあった。

原爆《げんばく》によって病院《びょういん》の全病棟《ぜんびょうとう》が倒壊《とうかい》、全焼《ぜんしょう》し、約《やく》1千人《せんにん》いたとされる患者《かんじゃ》や医師《いし》、看護師《かんごし》ら大勢《おおぜい》が死傷《ししょう》した。エノキは原爆《げんばく》の熱線《ねっせん》に焼《や》かれた南側《みなみがわ》の幹《みき》に大《おお》きな空洞《くうどう》ができたが、たくましくよみがえった。

その生命力《せいめいりょく》に感動《かんどう》した地元《じもと》の広島市立基町小学校《ひろしましりつもとまちしょうがっこう》の児童《じどう》たちが1980年《ねん》ごろから世話《せわ》を始《はじ》めた。被爆《ひばく》エノキは、原爆《げんばく》の悲劇《ひげき》を伝《つた》える「緑《みどり》の平和教材《へいわきょうざい》」となった。

しかし台風《たいふう》で枝《えだ》が折《お》れ、樹木医《じゅもくい》の治療《ちりょう》のかいなく、昭和《しょうわ》の終《お》わりとともにその一生《いっしょう》を閉《と》じた。いまはモニュメントとなって形《かたち》を留《とど》める。

福田《ふくだ》さんは、この被爆《ひばく》エノキが全国《ぜんこく》に知《し》られるきっかけをつくった人《ひと》だった。基町小《もとまちしょう》の活動《かつどう》を新聞《しんぶん》に投書《とうしょ》し、横浜市《よこはまし》の児童文学作家《じどうぶんがくさっか》、長崎源之助《ながさきげんのすけ》さん（2011年《ねん》、87歳《さい》で死去《しきょ》）の目《め》に留《と》まった。自《みずか》らも戦争体験《せんそうたいけん》を持《も》つ長崎《ながさき》さんは「この話《はなし》をぜひ絵本《えほん》にしたい」と思《おも》い立《た》ち、現地《げんち》を訪《おとず》れ、『ひろしまのエノキ』を著《あらわ》した。

取材《しゅざい》に訪《おとず》れたとき、被爆《ひばく》エノキは枯《か》れ死寸前《しすんぜん》だったが、周囲《しゅうい》には落《お》ちた実《み》から芽生《めば》えた数本《すうほん》の若木《わかぎ》が育《そだ》ち始《はじ》めていた。〈かあさんエノキのきもちをうけついで、ぐんぐんのびようとしているエノキの子《こ》〉。福田《ふくだ》さんらの仲介《ちゅうかい》で、2世《せい》たちは吉江《よしえ》中学校《ちゅうがっこう》など各地《かくち》の学校《がっこう》に旅立《たびだ》っていった。

＊

「原爆投下《げんばくとうか》直後《ちょくご》の体験《たいけん》が定年後《ていねんご》の父《ちち》の活動《かつどう》の原点《げんてん》だった。それほど強烈《きょうれつ》な体験《たいけん》だったと思《おも》います」と、福田《ふくだ》さんの長男《ちょうなん》、哲彦《てつひこ》さん（62）＝広島市《ひろしまし》南区《みなみく》＝は話《はな》す。

宇品《うじな》の陸軍船舶部隊《りくぐんせんぱくぶたい》にいた福田《ふくだ》さんの任務《にんむ》は、市内中心部《しないちゅうしんぶ》からトラックで運《はこ》ばれてくる被爆者《ひばくしゃ》を船《ふね》で似島《にのしま》に運《はこ》ぶことだった。現在《げんざい》、フェリーで20分《ぷん》ほどの似島《にのしま》は、かつて陸軍《りくぐん》の基地《きち》の島《しま》だった。被爆直後《ひばくちょくご》から約《やく》1万人《まんにん》の重傷者《じゅうしょうしゃ》らが運《はこ》び込《こ》まれ、その多《おお》くが亡《な》くなった。

その中《なか》には、大勢《おおぜい》の中学生《ちゅうがくせい》らがいた。あの日《ひ》の朝《あさ》、建物《たてもの》疎開《そかい》作業《さぎょう》に動員《どういん》されていた子《こ》どもたちだ。変《か》わり果《は》てた姿《すがた》で、「兵隊《へいたい》さん、水《みず》をください」と言《い》いながら次々《つぎつぎ》と亡《な》くなっていった。似島《にのしま》では戦後《せんご》、数度《すうど》にわたり遺骨発掘作業《いこつはっくつさぎょう》が行《おこな》われ、陶器製《とうきせい》の学《がく》生服《せいふく》のボタンなどが見《み》つかっている。

福田《ふくだ》さんは戦後《せんご》、古里《ふるさと》の愛媛《えひめ》に帰《かえ》らず宇品《うじな》に暮《く》らした。懸命《けんめい》に働《はたら》き子《こ》どもを育《そだ》て上《あ》げ、気《き》が付《つ》けば定年《ていねん》を迎《むか》えていた。残《のこ》りの人生《じんせい》を考《かんが》えたとき、「苦《くる》しむ子《こ》どもたちに何《なに》もしてやれなかった」という思《おも》いが湧《わ》き上《あ》がった。「自分《じぶん》の命《いのち》は長《なが》くはない。数百《すうひゃく》年生《ねんい》きる樹木《じゅもく》に平和《へいわ》の願《ねが》いを託《たく》そう」と、被爆《ひばく》エノキ2世《せい》を贈《おく》り続《つづ》けた。

97歳《さい》の妻《つま》、哲子《てつこ》さんは、福田《ふくだ》さんが寝《ね》たきりになったとき、夫《おっと》の活動《かつどう》を本《ほん》にまとめた。「おじいさんはようやりよりました。エノキが吉江《よしえ》中学校《ちゅうがっこう》で大切《たいせつ》にされていると知《し》ったら、あの世《よ》で喜《よろこ》びよります」

*

50余《あま》りの慰霊碑《いれいひ》や記念碑《きねんひ》が点在《てんざい》する広島《ひろしま》の平和記念公園《へいわきねんこうえん》。その中《なか》に『大地讃頌《だいちさんしょう》』を作詞《さくし》した大木惇夫《おおきあつお》の詩碑《しひ》もある。

広島市生《ひろしましう》まれの大木《おおき》は日本《にほん》を代表《だいひょう》する抒情詩人《じょじょうしじん》だったが、多《おお》くの戦争協力詩《せんそうきょうりょくし》を書《か》いたため戦後《せんご》は徹底的《てっていてき》に無視《むし》され、不遇《ふぐう》のうちに亡《な》くなった。忘《わす》れられた詩人《しじん》の苦悩《くのう》から生《う》まれた『大地讃頌《だいちさんしょう》』は、平和《へいわ》を願《ねが》う歌《うた》として多《おお》くの学校《がっこう》で歌《うた》い継《つ》がれている。

今年《ことし》も4月《がつ》の修学旅行《しゅうがくりょこう》で平和記念公園《へいわきねんこうえん》を訪《おとず》れた吉江中《よしえちゅう》3年生《ねんせい》は、『大地讃頌《だいちさんしょう》』を高《たか》らかに歌《うた》い上《あ》げた。その歌声《うたごえ》は、天上《てんじょう》の福田《ふくだ》さんに届《とど》いただろうか。

修学旅行実行委員《しゅうがくりょこうじっこういいん》だった宮東拓海君《みやとうたくみくん》と奥野真衣子《おくのまいこ》さんは、「先輩《せんぱい》から受《う》け継《つ》いだ平和《へいわ》の歌《うた》を、後輩《こうはい》にしっかりと引《ひ》き継《つ》ぎたい」と力《ちから》を込《こ》める。

「挨拶《あいさつ》・歌声《うたごえ》・掃除《そうじ》」を伝統《でんとう》とする吉江中学校《よしえちゅうがっこう》。よく全校生徒《ぜんこうせいと》が集《あつ》まって合唱《がっしょう》し、校内《こうない》には歌《うた》があふれる。その歌声《うたごえ》が、ヒロシマとの縁《えん》を結《むす》んだ。北島一朗教頭《きたじまいちろうきょうとう》は「被爆《ひばく》エノキ2世《せい》があることで、実感《じっかん》を伴《ともな》った平和学習《へいわがくしゅう》ができています」と話《はな》す。

被爆《ひばく》エノキ2世《せい》は、歌声《うたごえ》に包《つつ》まれながら大樹《たいじゅ》へと育《そだ》ち、平和《へいわ》を伝《つた》え続《つづ》ける。

（2016年8月1日掲載《けいさい》）

9

新《あら》たな〝寺《じ》縁《えん》〟を紡《つむ》ぐ

ハーフ住職《じゅうしょく》 小《ちい》さなお寺《てら》の挑戦《ちょうせん》

煩悩《ぼんのう》を焼き払い、息災《そくさい》を願う炎《ほのお》が、ゆらゆらと護摩壇《ごまだん》から立ち上《のぼ》る。その火《ひ》に照《て》らされ、志村慧雲住職《しむらけいうんじゅうしょく》（53）の肌《はだ》に大粒《おおつぶ》の汗《あせ》が光《ひか》る。

射水市戸破《いみずしひばり》（小杉《こすぎ》）にある高野山真言宗《こうやさんしんごんしゅう》の金胎寺《こんたいじ》では毎月数回《まいつきすうかい》、護摩祈願《ごまきがん》が営《いとな》まれる。仏教寺院《ぶっきょうじいん》の約《やく》7割《わり》を浄土真宗系《じょうどしんしゅうけい》が占《し》める「真宗王国《しんしゅうおうこく》」富山《とやま》にあって、密教《みっきょう》の神秘的《しんぴてき》な修法《しゅほう》はどこか禍々《まがまが》しくも映《うつ》るが、宗派《しゅうは》を問《と》わず善男善女《ぜんなんぜんにょ》がやって来《く》る。

護摩祈願《ごまきがん》が現世利益《げんせりやく》を願《ねが》うものであっても、「人《ひと》のために祈《いの》る功徳《くどく》が、みなさんを助《たす》けてくれるのです」と、参拝者《さんぱいしゃ》にお経《きょう》を唱《とな》えるよう促《うなが》すのが志村住職《しむらじゅうしょく》の流儀《りゅうぎ》だ。

8月《がつ》の暑《あつ》い盛《さか》りにあった毘沙門天護摩祈願《びしゃもんてんごまきがん》。厳粛《げんしゅく》な儀式《ぎしき》を終《お》えると、汗《あせ》だくの顔《かお》で開口一番《かいこういちばん》、「いい火《ひ》が上《あ》がり、バーベキューになるところでした」と笑《わら》わせた。

僧侶《そうりょ》としての真摯《しんし》な姿勢《しせい》と、人《ひと》を楽《たの》しませる明《あか》るい性格《せいかく》。「寺離《てらばな》れ」がささやかれる昨今《さっこん》、この落差《らくさ》のあるキャラクターが人々《ひとびと》を引《ひ》きつけるのか。

浅黒《あさぐろ》く、彫《ほ》りの深《ふか》い顔立《かおだ》ちは、日米《にちべい》のハーフだからだ。身長《しんちょう》185センチ、体重《たいじゅう》

100キロ超《ちょう》。銭湯《せんとう》では中古車《ちゅうこしゃ》を扱《あつか》うパキスタン人《じん》に間違《まちが》われたこともある。僧衣《そうい》をまとえば、仏教《ぶっきょう》の源流《げんりゅう》インドの僧《そう》を思《おも》わせる。

高校《こうこう》、大学《だいがく》と陸上選手《りくじょうせんしゅ》として活躍《かつやく》し、社会人《しゃかいじん》になって健康施設関連《けんこうしせつかんれん》の会社《かいしゃ》を興《おこ》した。在家《ざいけ》から仏門《ぶつもん》に入《はい》ったのは40歳《さい》のころだった。

2011年《ねん》。49歳《さい》のとき、後継者《こうけいしゃ》のいない金胎寺《こんたいじ》に、本山《ほんざん》からの「落下傘《らっかさん》」として単身降《たんしんお》り立《た》った。

檀家《だんか》わずか5軒《けん》の小《ちい》さな寺《てら》だった。

＊

高野山真言宗《こうやさんしんごんしゅう》には、後継者《こうけいしゃ》を迎《むか》えたいお寺《てら》と、お寺《てら》を持《も》ちたい僧侶《そうりょ》をマッチングする「後継者支援《こうけいしゃしえん》システム」がある。その第《だい》1号《ごう》となったのが志村住職《しむらじゅうしょく》だった。「よそ者《もの》で、この見《み》た目《め》。最初《さいしょ》はお経《きょう》どころか、日本語《にほんご》が話《はな》せるのかと疑《うたが》われました」

伝統仏教《でんとうぶっきょう》の各宗派《かくしゅうは》は後継者紹介事業《こうけいしゃしょうかいじぎょう》に力《ちから》を入《い》れている。それほどお寺《てら》の後継者不《こうけいしゃぶ》足《そく》は深刻《しんこく》だ。全国《ぜんこく》にある約《やく》7万《まん》7千《せん》カ寺《じ》のうち、住職《じゅうしょく》がいない無住《むじゅう》のお寺《てら》は約《やく》2万《まん》に達《たっ》している（鵜飼秀徳《うかいひでのり》著《ちょ》『寺院消滅《じいんしょうめつ》』）。

住職《じゅうしょく》がいなくなると、地域《ちいき》の同門《どうもん》のお寺《てら》が住職《じゅうしょく》を兼《か》ねる「兼務寺《けんむでら》」になるのが通例《つうれい》だ。県内《けんない》の高野山真言宗《こうやさんしんごんしゅう》では86カ寺《じ》のうち11カ寺《じ》が兼務寺《けんむでら》。本山《ほんざん》の過疎対策委員《かそたいさくいいん》を務《つと》める肥田啓章《こえだけいしょう》住職《じゅうしょく》（75）＝光明寺《こうみょうじ》、射水市八幡町《いみずしはちまんまち》（新湊《しんみなと》）＝は、「地方《ちほう》では今後《こんご》も兼務寺《けんむでら》が増《ふ》えていく。いずれお寺《てら》の統合《とうごう》も考《かんが》えなくてはいけないでしょう」と話《はな》す。

過疎化《かそか》や少子高齢化《しょうしこうれいか》が進《すす》む地方《ちほう》では、お寺《てら》の基盤《きばん》は細《ほそ》る一方《いっぽう》だ。各宗派《かくしゅうは》が後継者《こうけいしゃ》支援《しえん》に乗《の》り出《だ》しても、こうした地方《ちほう》のお寺《てら》に積極的《せっきょくてき》に入《はい》ろうという僧侶《そうりょ》は少《すく》ない。経済的《けいざいてき》に成《な》り立《た》たず、先《さき》の見通《みとお》しがないからだ。宗派《しゅうは》によって異《こと》なるが、一般的《いっぱんてき》に寺《てら》専業《せんぎょう》で成《な》り立《た》つのは檀家数《だんかすう》200～300といわれる。檀家《だんか》が少《すく》なければ、別《べつ》に仕事《しごと》を持《も》たなければ生計《せいけい》は成《な》り立《た》たない。

「檀家《だんか》の少《すく》ない山寺《やまでら》でも喜《よろこ》んで参《まい》ります」。後継者支援《こうけいしゃしえん》システムの登録申込書《とうろくもうしこみしょ》にそう記《しる》した志村住職《しむらじゅうしょく》は、異色《いしょく》の存在《そんざい》だった。

＊

青森県三沢市《あおもりけんみさわし》で生《う》まれ、八戸市《はちのへし》に育《そだ》った。アメリカ人《じん》の父《ちち》は在日米空軍《ざいにちべいくうぐん》のパイロット、日本人《にほんじん》の母《はは》は通訳《つうやく》だった。

早《はや》くから陸上競技《りくじょうきょうぎ》で才能《さいのう》が開花《かいか》する。特待生《とくたいせい》として進学《しんがく》した東洋大《とうようだい》で2度《ど》、三段《さんだん》跳《と》びの学生《がくせい》チャンピオンになり、卒業《そつぎょう》と同時《どうじ》に同大陸上部《どうだいりくじょうぶ》の監督《かんとく》に。その後《ご》、選手《せんしゅ》時代《じだい》のけがやリハビリ経験《けいけん》から、東京《とうきょう》でスポーツ施設《しせつ》や健康増進施設《けんこうぞうしんしせつ》の経営《けいえい》に携《たずさ》わる。

日《ひ》なたを真《ま》っすぐ歩《あゆ》んできたような履歴書《りれきしょ》だが、容姿《ようし》や出自《しゅつじ》によるいじめや差別《さべつ》が暗《くら》い影《かげ》を落《お》とすことも度々《たびたび》だった。会社《かいしゃ》を経営《けいえい》しているときは人間不信《にんげんふしん》に陥《おちい》った。離《り》婚《こん》も経験《けいけん》した。

不惑《ふわく》を迎《むか》え、これまでの歩《あゆ》みを振《ふ》り返《かえ》ると、いままで支《ささ》えてくれた多《おお》くの人《ひと》の顔《かお》が浮《う》かんだ。いじめから救《すく》ってくれた先生《せんせい》、スポーツマンシップとは何《なに》かを教《おし》えてくれた指導者《しどうしゃ》、そして50代《だい》で亡《な》くなった母《はは》――。

感謝《かんしゃ》や恩返《おんがえ》し、供養《くよう》の思《おも》いとともに、お金《かね》などで満《み》ち足《た》りることのない心《こころ》の在《あ》りかを求《もと》めて、仏門《ぶつもん》に入《はい》った。もともと物事《ものごと》を突《つ》き詰《つ》めていく性格《せいかく》だったから、徹底《てってい》して修行《しゅぎょう》に打《う》ち込《こ》んだ。

志村住職《しむらじゅうしょく》にとって、お寺《てら》は「僧侶《そうりょ》の修行《しゅぎょう》の場《ば》であり、仏《ほとけ》の道《みち》を説《と》く場《ば》」。地方《ちほう》にあるとか、檀家数《だんかすう》が少《すく》ないといったことは二《に》の次《つぎ》だった。本山《ほんざん》から紹介《しょうかい》を受《う》けると、「修行《しゅぎょう》の場《ば》をいただいた」という感謝《かんしゃ》の気持《きも》ちで、金胎寺《こんたいじ》に入《はい》った。

旧小杉町中心部《きゅうこすぎまちちゅうしんぶ》にある金胎寺《こんたいじ》は約《やく》750年《ねん》の歴史《れきし》がある古《ふる》いお寺《てら》だ。引《ひ》き継《つ》いだときはあれこれと手入《てい》れが必要《ひつよう》だったが、これまでの蓄《たくわ》えを取《と》り崩《くず》しながら、傷《いた》んだところを直《なお》し、荒《あ》れた庭《にわ》を整《ととの》えた。

それから5年《ねん》。少《すこ》しずつ、目指《めざ》すべきお寺《てら》の姿《すがた》が見《み》えてきた。

＊

「誰《だれ》が見《み》ていようがいまいが、お坊《ぼう》さん本来《ほんらい》の姿《すがた》を貫《つらぬ》いてきたつもりです」

副業《ふくぎょう》は持《も》たず、お寺《てら》での活動《かつどう》に専念《せんねん》する。祈願寺《きがんでら》として、利益《りやく》を願《ねが》い、救《すく》いを求《もと》める人々《ひとびと》のため懸命《けんめい》に祈《いの》る。厳《きび》しい修行《しゅぎょう》に打《う》ち込《こ》む。僧侶《そうりょ》としての志《こころざし》を大切《たいせつ》に毎日《まいにち》を過《す》ごしてきた。

そうすると、よそ者扱《ものあつか》いだった周囲《しゅうい》の目《め》は、「あの変《へん》なお坊《ぼう》さん、頑張《がんば》っているな」と変《か》わってきた。後押《あとお》ししてくれる人《ひと》も出《で》てきた。「野菜《やさい》やコメなどは、ほとんどがいただきもの。ありがたいお布施《ふせ》です」

5軒《けん》だった檀家《だんか》はいま、20軒《けん》に増《ふ》えた。新《あら》たに檀家《だんか》となった会社員《かいしゃいん》の金川武春《かながわたけはる》さん（51）＝富山市《とやまし》＝は「相談《そうだん》に親身《しんみ》に応《こた》えてくれ、僧侶《そうりょ》として人間《にんげん》として信頼《しんらい》できる人《ひと》です」と話《はな》す。宗教者《しゅうきょうしゃ》としての信念《しんねん》に、差別《さべつ》に悩《なや》んだ過去《かこ》や、スポーツや会社経営《かいしゃけいえい》で学《まな》んだ経験《けいけん》を重《かさ》ねた説法《せっぽう》は、生《い》き惑《まど》う人《ひと》たちの道《みち》しるべとなるのだろう。

葬儀《そうぎ》の簡素化《かんそか》や墓《はか》じまいが進《すす》むなど、お寺《てら》と社会《しゃかい》との関《かか》わりは薄《うす》れつつある。従来《じゅうらい》の檀家制度《だんかせいど》によるお寺《てら》との縁《えん》は希薄《きはく》になっても、住職《じゅうしょく》の人柄《ひとがら》や個性《こせい》によっては、新《あら》たな〝寺縁《じえん》〟が生《う》まれてくる。

護摩祈願《ごまきがん》や火渡《ひわた》り神事《しんじ》でお寺《てら》に本来《ほんらい》の宗教性《しゅうきょうせい》を取《と》り戻《もど》す一方《いっぽう》、誰《だれ》にも開《ひら》かれたお寺《てら》でありたいと願《ねが》っている。

夏休《なつやす》みの間《あいだ》、境内《けいだい》はラジオ体操《たいそう》の会場《かいじょう》となり、子《こ》どもたちと一緒《いっしょ》に体《からだ》を動《うご》かした。夜《よる》の肝試《きもだめ》しも人気《にんき》の恒例行事《こうれいぎょうじ》となった。ふすま絵《え》を飾《かざ》るのは輪廻転生《りんねてんしょう》をテーマにした愛《あい》らしい漫画《まんが》だ。いずれも「三世代《さんせだい》でお寺《てら》に来《き》てほしい」という思《おも》いから始《はじ》まった。

コンビニは全国津々浦々《ぜんこくつつうらうら》5万余《まんあま》り。無住寺《むじゅうじ》が増《ふ》えているとはいえ、はるかに多《おお》くのお寺《てら》がいまも確《たし》かにある。地域《ちいき》の拠《よ》り所《どころ》だった証《あか》しだ。

開《ひら》かれたお寺《てら》で多《おお》くの人《ひと》と寺縁《じえん》を結《むす》びたい——。縁《えん》もゆかりもなかった地《ち》で、志村《しむら》住職《じゅうしょく》は信《しん》じる道《みち》を歩《あゆ》んでいる。

*

朝《あさ》4時《じ》。きょうも、境内《けいだい》を掃《は》き清《きよ》めることから一日《いちにち》が始《はじ》まる。いつ、誰《だれ》が訪《たず》ねてきてもいいようにと、心《こころ》を砕《くだ》く。「お寺《てら》を輝《かがや》かせてくれるのは、ここに集《つど》ってくれる人《ひと》たちです。お寺《てら》の空間《くうかん》を整《ととの》え、気持《きも》ちよく迎《むか》えるのが住職《じゅうしょく》の役目《やくめ》です」

金胎寺《こんたいじ》は、志村住職《しむらじゅうしょく》で82代目《だいめ》を数《かぞ》える。世襲《せしゅう》ではなく、信頼《しんらい》を寄《よ》せる副住職《ふくじゅうしょく》へとバトンをつなぐつもりだ。祈《いの》りとともに積《つ》み重《かさ》なった時間《じかん》の重《おも》みに、人々《ひとびと》は自然《しぜん》と頭《こうべ》を垂《た》れ、そっと手《て》を合《あ》わせる。

小《ちい》さなお堂《どう》の扉《とびら》は、いつも開《あ》いている。文字通《もじどお》りの開《ひら》かれたお寺《てら》を、気持《きも》ちよい風《かぜ》が吹《ふ》き抜《ぬ》けていく。

（2016年9月1日掲載《けいさい》）

10

"人《じん》獣《じゅう》"の境《きょう》界《かい》線《せん》で

里山《さとやま》に押《お》し寄《よ》せるイノシシ

縄文人《じょうもんじん》にとって、多産《たさん》のイノシシは、生命力《せいめいりょく》を象徴《しょうちょう》する動物《どうぶつ》だったらしい。単《たん》に狩《か》りをして食《た》べるだけではなかった。

約《やく》6000年前《ねんまえ》の人骨《じんこつ》が大量《たいりょう》に出土《しゅつど》し、注目《ちゅうもく》を集《あつ》めた縄文前期《じょうもんぜんき》の小竹貝塚《おだけかいづか》＝富山市《とやまし》呉羽町北《くれはまちきた》。ここから国内最古《こくないさいこ》のイノシシ形土製品《がたどせいひん》が出土《しゅつど》している。粘土《ねんど》の塊《かたまり》をぎゅっと握《にぎ》ってできたような素朴《そぼく》な形《かたち》は、手《て》のひらに納《おさ》まるほど。一列《いちれつ》に並《なら》んだ小《ちい》さな穴《あな》がしま模様《もよう》を作《つく》る。イノシシの子《こ》ども、ウリ坊《ぼう》だ。装飾品《そうしょくひん》として用《もち》いたらしい。南砺《なんと》市《し》の井口遺跡《いのくちいせき》からは、イノシシの頭部《とうぶ》をかたどった土器《どき》も出土《しゅつど》している。

一度《いちど》に4～5頭《とう》の子《こ》を産《う》むイノシシ。縄文《じょうもん》の人々《ひとびと》が繁栄《はんえい》の願《ねが》いを重《かさ》ねたその繁殖《はんしょく》力《りょく》はいま、かつてない脅威《きょうい》となって中山間地《ちゅうさんかんち》の田《た》や畑《はたけ》に押《お》し寄《よ》せている。

2015年度《ねんど》、県内《けんない》で有害鳥獣《ゆうがいちょうじゅう》として捕獲《ほかく》されたイノシシは2090頭《とう》。10年前《ねんまえ》はわずか12頭《とう》だった。農作物《のうさくぶつ》の被害額《ひがいがく》は2009年以降《ねんいこう》、3000万《まん》～4000万円《まんえん》台《だい》で推移《すいい》する。

里山《さとやま》を歩《ある》けば、イノシシ除《よ》けの電気柵《でんきさく》はもう当《あ》たり前《まえ》の風景《ふうけい》だ。県内《けんない》の棚田《たなだ》や山《やま》すそに張《は》り巡《めぐ》らされた延長《えんちょう》は1700キロ超《ちょう》。本州《ほんしゅう》の南北《なんぼく》の距離《きょり》1500キロより長《なが》い。捕獲《ほかく》するおり型《がた》の「箱《はこ》わな」は、県内《けんない》の里山《さとやま》におよそ1000基《き》が仕掛《しか》けられている。狩猟用《しゅりょうよう》のわなも、いまや中山間地《ちゅうさんかんち》に欠《か》かせない〝農具《のうぐ》〟になった。

＊

わなを扱《あつか》うには、4種《しゅ》ある狩猟免許《しゅりょうめんきょ》のうち、わな免許《めんきょ》が必要《ひつよう》となる。昨年《さくねん》（2015年《ねん》）、県内《けんない》でわな免許《めんきょ》を持《も》つ人《ひと》は747人《にん》となり、銃猟免許《じゅうりょうめんきょ》を持《も》つ人《ひと》を初《はじ》めて上回《うわまわ》った。高齢化《こうれいか》などで鉄砲撃《てっぽうう》ちが減《へ》る一方《いっぽう》、わなはこの5年《ねん》で約《やく》2倍《ばい》に増《ふ》えている。

免許取得《めんきょしゅとく》に励《はげ》むのは、獣害《じゅうがい》に悩《なや》む農家《のうか》らだ。集落単位《しゅうらくたんい》で箱《はこ》わなを管理《かんり》し、有害《ゆうがい》なイノシシを捕獲《ほかく》する。電気柵《でんきさく》による防除《ぼうじょ》と合《あ》わせ、「自分《じぶん》たちの田《た》んぼは自分《じぶん》たちで守《まも》る」という自衛心《じえいしん》が高《たか》まりをみせる。

こうした動《うご》きを、2007年《ねん》に制定《せいてい》された鳥獣被害防止特措法《ちょうじゅうひがいぼうしとくそほう》が後押《あとお》しする。全《ぜん》国《こく》に農作物被害《のうさくぶつひがい》が広《ひろ》がる中《なか》、地域《ちいき》の実情《じつじょう》に合《あ》った対策《たいさく》を進《すす》めたい国《くに》は大型予算《おおがたよさん》を組《く》み、市町村《しちょうそん》や地域主体《ちいきしゅたい》の防止策《ぼうしさく》に支援《しえん》を始《はじ》めた。

特措法《とくそほう》に基《もと》づき、市町村単位《しちょうそんたんい》で組織《そしき》する実働部隊《じつどうぶたい》が「鳥獣被害対策実施隊《ちょうじゅうひがいたいさくじっしたい》」だ。県《けん》猟友会員《りょうゆうかいいん》を中心《ちゅうしん》に組織《そしき》するところが多《おお》く、隊員《たいいん》は非常勤公務員《ひじょうきんこうむいん》として活動《かつどう》する。県内《ない》には11市町《しちょう》にある。狩猟《しゅりょう》で培《つちか》ったハンターの経験《けいけん》と、自衛《じえい》に立《た》ち上《あ》がる集落《しゅうらく》の熱意《ねつい》を組《く》み合《あ》わせた〝混成部隊《こんせいぶたい》〟が、イノシシに立《た》ち向《む》かう。

パーン。９月中旬《がっちゅうじゅん》、散弾銃《さんだんじゅう》の乾《かわ》いた銃声《じゅうせい》が、秋雨模様《あきさめもよう》の氷見市《ひみし》の山《やま》あいに響《ひび》いた。牛舎《ぎゅうしゃ》近《ちか》くに仕掛《しか》けた箱《はこ》わなに、成獣《せいじゅう》の雄《おす》と子《こ》どものイノシシが入《はい》った。扉《とびら》をこじ開《あ》けようと暴《あば》れる雄《おす》は、体重《たいじゅう》１００キロはありそうだ。さらに数発《すうはつ》の銃声《じゅうせい》がこだました。

氷見市内《ひみしない》には約《やく》１８０基《き》の箱《はこ》わながある。日《ひ》ごろの見回《みまわ》りや誘引《ゆういん》えさの補給《ほきゅう》など、実施隊《じっしたい》が管理《かんり》するものが６割《わり》、集落《しゅうらく》が管理《かんり》するものが４割《わり》。実施隊《じっしたい》は、わなに掛《か》かったイノシシを銃《じゅう》で仕留《しと》める役割《やくわり》も担《にな》う。

この日《ひ》は4カ所《しょ》のわなで10頭《とう》。その10日前《かまえ》には1日《にち》で37頭《とう》を捕獲《ほかく》した。「このページスなら昨年《さくねん》の捕獲数《ほかくすう》を上回《うわまわ》るのは間違《まちが》いありません」。市役所《しやくしょ》の農林畜産《のうりんちくさん》・いのしし等対策課《とうたいさくか》の朝山慎也主事《あさやましんやしゅじ》（25）の顔《かお》が曇《くも》る。

氷見市《ひみし》が昨年《さくねん》、有害捕獲《ゆうがいほかく》したイノシシは県内最多《けんないさいた》の675頭《とう》を数《かぞ》えた。ことしは捕《ほ》獲期間《かくきかん》を1カ月余《げつあま》り残《のこ》して既《すで》に600頭《とう》に達《たっ》している。被害額《ひがいがく》は減《へ》っているが、捕獲《ほかく》頭数《とうすう》の天井《てんじょう》はまだ見《み》えない。

＊

「氷見《ひみ》は三方《さんぼう》を低山《ていざん》に囲《かこ》まれ、なだらかな丘《おか》が多《おお》い。イノシシにとって暮《く》らしやすい地形《ちけい》です」。農林畜産《のうりんちくさん》・いのしし等対策課《とうたいさくか》の茶木隆之課長《ちゃのきたかゆきかちょう》（57）が、右手《みぎて》の5本《ほん》の指《ゆび》を机《つくえ》に広《ひろ》げた。指《ゆび》の間《あいだ》は谷《たに》、5本《ほん》の指《ゆび》と手《て》の甲《こう》は石川県境《いしかわけんきょう》へと続《つづ》く丘陵《きゅうりょう》だという。平野部《へいやぶ》に耕作地《こうさくち》が少《すく》ないため、丘《おか》の斜面《しゃめん》には棚田《たなだ》が発達《はったつ》した。

かつてはコメの味《あじ》と景観《けいかん》を誇《ほこ》った氷見《ひみ》の千枚田《せんまいだ》も、過疎《かそ》・高齢化《こうれいか》で耕作放棄地《こうさくほうきち》が増《ふ》えた。やぶに覆《おお》われた田《た》んぼはイノシシの格好《かっこう》の隠《かく》れ家《が》となる。丘陵《きゅうりょう》に点在《てんざい》する各《かく》集落《しゅうらく》は、西日本《にしにほん》から生息域《せいそくいき》を広《ひろ》げてきたイノシシと接《せっ》する最前線《さいぜんせん》となった。

茶木課長《ちゃのきかちょう》の指《ゆび》でいえば中指《なかゆび》の付《つ》け根《ね》あたり、石川県羽咋市《いしかわけんはくいし》と接《せっ》する論田集落《ろんでんしゅうらく》も、その一《ひと》つだ。斜面《しゃめん》に沿《そ》って開《ひら》かれた土地《とち》に約《やく》120世帯《せたい》。フジのつるや竹《たけ》で編《あ》んだ農《のう》作業用具《さぎょうようぐ》「藤箕《ふじみ》」の生産《せいさん》で知《し》られ、3年前《ねんまえ》には国重要無形民俗文化財《くにじゅうようむけいみんぞくぶんかざい》になった。

「昔《むかし》はコメはいのちだったから、どんな小《ちい》さな谷《たに》にも棚田《たなだ》があったけれど――」。イノシシ対策《たいさく》に取《と》り組《く》む堂田一茂《どうだかずしげ》さん(66)の目《め》に、集落《しゅうらく》の棚田《たなだ》はかつての半分《はんぶん》ほどに減《へ》ったと映《うつ》る。

箱《はこ》わなは集落《しゅうらく》に5基《き》あり、わな免許《めんきょ》を持《も》つ4人《にん》が見回《みまわ》りを欠《か》かさない。田《た》んぼ周辺《しゅうへん》の電気柵《でんきさく》に加《くわ》え、ことしは山《やま》すそにワイヤーメッシュ柵《さく》を設置《せっち》した。数年掛《すうねんか》けて集落《しゅうらく》を囲《かこ》むように張《は》り巡《めぐ》らせる計画《けいかく》だ。

高齢化《こうれいか》が進《すす》む集落《しゅうらく》で、市《し》が推奨《すいしょう》する模範的《もはんてき》な対策《たいさく》に取《と》り組《く》むのは容易《ようい》ではない。しかし堂田《どうだ》さんは「イノシシ対策《たいさく》も悪《わる》いことばかりではない」と考《かんが》えるようになった。「自分《じぶん》たちの集落《しゅうらく》を守《まも》ろうと立《た》ち上《あ》がれば、住民《じゅうみん》のまとまりやつながりが強《つよ》くなる」。獣害対策《じゅうがいたいさく》を新《あら》たな古里《ふるさと》づくりととらえ直《なお》すと、一筋《ひとすじ》の希望《きぼう》が見《み》えてくる。

論田集落《ろんでんしゅうらく》は、市《し》が力《ちから》を入《い》れている生息環境管理《せいそくかんきょうかんり》にも前向《まえむ》きだ。放棄田《ほうきでん》の草刈《くさか》りや放置《ほうち》したままの果樹《かじゅ》の伐採《ばっさい》など、イノシシを呼《よ》び寄《よ》せない環境《かんきょう》づくりを始《はじ》めた。稲刈《いねか》り後《ご》の二番穂《にばんほ》「ひこばえ」がえさになると知《し》り、田《た》んぼの秋《あき》おこしも呼《よ》び掛《か》ける。堂田《だ》さんは「イノシシ対策《たいさく》は、次《つぎ》の世代《せだい》が論田《ろんでん》で暮《く》らしやすい環境《かんきょう》づくりにもつながっていくと思《おも》います」。

氷見市《ひみし》は突出《とっしゅつ》する有害捕獲数《ゆうがいほかくすう》が注目《ちゅうもく》されがちだが、茶木課長《ちゃのきかちょう》は、捕獲《ほかく》より生息環境管理《せいそくかんきょうかんり》による「すみ分《わ》け」が重要《じゅうよう》だと強調《きょうちょう》する。目指《めざ》すのは被害《ひがい》ゼロ、そして「すみ分《わ》けによる有害捕獲《ゆうがいほかく》ゼロが理想《りそう》です」

増《ふ》え続《つづ》けるイノシシの有害捕獲《ゆうがいほかく》。一部《いちぶ》が自家消費《じかしょうひ》される以外《いがい》、ほとんどが廃棄《はいき》されている。県《けん》はジビエ（野生獣肉《やせいじゅうにく》）の普及《ふきゅう》に努《つと》め、県内《けんない》3カ所《しょ》に民間《みんかん》の処理施設《しょりしせつ》もできたが、処理頭数《しょりとうすう》は伸《の》び悩《なや》む。

＊

「害獣《がいじゅう》とはいえ命《いのち》をいただいた以上《いじょう》、おいしく食《た》べてあげたい」。そう話《はな》すのは、砺《と》波市井栗谷《なみしいぐりだに》の中尾集落《なかおしゅうらく》で、捕獲《ほかく》したイノシシの解体役《かいたいやく》を務《つと》める池田榮一《いけだえいいち》さん（66）＝砺波市中村《となみしなかむら》＝だ。

中尾《なかお》は、富山市山田地域《とやましやまだちいき》と市境《しざかい》を接《せっ》する16世帯《せたい》の小《ちい》さな集落《しゅうらく》。いまは砺波市中心《となみしちゅうしん》部《ぶ》に暮《く》らす池田《いけだ》さんは、「中山間地《ちゅうさんかんち》の古里《ふるさと》を活気《かっき》づけたいと、中尾《なかお》で「里山交流会《さとやまこうりゅうかい》」を重《かさ》ねている。

交流会《こうりゅうかい》で、砺波市内《となみしない》の空《あ》き家《や》に移住《いじゅう》した人《ひと》たちと集落《しゅうらく》の住民《じゅうみん》が囲《かこ》む食卓《しょくたく》を飾《かざ》るのは、イノシシ料理《りょうり》だ。イノシシのソーセージをのせたピザ、イノシシの骨《ほね》でだしを取《と》ったラーメン、煮込《にこ》み——。「集落《しゅうらく》の人《ひと》でもイノシシ肉《にく》を敬遠《けいえん》する人《ひと》は多《おお》い。おいしく食《た》べられることを知《し》ってほしい」と、調理師免許《ちょうりしめんきょ》を持《も》つ池田《いけだ》さんが腕《うで》を振《ふ》るう。

6基《き》の箱《はこ》わなを仕掛《しか》けている中尾集落《なかおしゅうらく》では、ことし8月末《がつまつ》までに13頭《とう》を捕獲《ほかく》した。処理《しょり》しきれず、山中《さんちゅう》に埋《う》めたものもある。池田《いけだ》さんは「イノシシ肉《にく》は自然《しぜん》の恵《めぐ》み。中《ちゅう》山間地《さんかんち》ならではの食材《しょくざい》です。交流事業《こうりゅうじぎょう》にもっと活用《かつよう》していきたい」と話《はな》す。

人獣《じんじゅう》がせめぎ合《あ》う境界《きょうかい》となった県内《けんない》の里山《さとやま》。イノシシの次《つぎ》はニホンジカが現《あらわ》れるといわれ、その気配《けはい》は濃《こ》くなっている。境界線《きょうかいせん》は人里《ひとざと》へと後退《こうたい》するのか。唯一《ゆいいつ》の天敵《てんてき》として、人間《にんげん》の振《ふ》る舞《ま》いが問《と》われている。

（2016年10月1日掲載《けいさい》）

〝寅《とら》さん〟に見守《みまも》られ
幸《しあわ》せの明《あ》かり　ともしたい

11

――私《わたくし》、生《う》まれも育《そだ》ちも葛飾柴又《かつしかしばまた》です。帝釈天《たいしゃくてん》で産湯《うぶゆ》を使《つか》い、姓《せい》は車《くるま》、名《な》は寅次郎《とらじろう》。人呼《ひとよ》んでフーテンの寅《とら》と発《はっ》します――。

京成金町線《けいせいかなまちせん》の柴又駅《しばまたえき》（東京《とうきょう》・葛飾区《かつしかく》）に降《お》り立《た》つと、「寅《とら》さん」の等身大像《とうしんだいぞう》が出迎《でむか》えてくれる。ご存《ぞん》じ、48作続《さくつづ》いた国民的映画《こくみんてきえいが》『男《おとこ》はつらいよ』の主人公《しゅじんこう》。門前町《もんぜんまち》には映画《えいが》そのままの下町風情《したまちふぜい》が漂《ただよ》い、どこからかおなじみの口上《こうじょう》が聞《き》こえてきそうだ。

寅《とら》さんを演《えん》じた渥美清《あつみきよし》さんが68歳《さい》で世《よ》を去《さ》って20年《ねん》。寅《とら》さん像《ぞう》のそばに、妹《いもうと》さくらの像《ぞう》が建《た》つことが決《き》まった。地元住民《じもとじゅうみん》やファンらの要望《ようぼう》で来年《らいねん》（２０１７年《ねん》）３月《がつ》に実現《じつげん》する。寅《とら》さん人気《にんき》は根強《ねづよ》い。最近《さいきん》は「寅《とら》さん女子《じょし》」など若《わか》いファンも増《ふ》えているという。

テキ屋稼業《やかぎょう》で全国《ぜんこく》を旅《たび》した寅《とら》さんが訪《おとず》れていない土地《とち》がある。埼玉《さいたま》、高知《こうち》、そして富山《とやま》。官民挙《かんみんあ》げてロケ誘致目前《ゆうちもくぜん》までいった富山《とやま》だったが、渥美《あつみ》さんが亡《な》くなり、永遠《えいえん》にかなわぬ夢《ゆめ》となった。

誘致運動《ゆうちうんどう》の中心《ちゅうしん》にいた一人《ひとり》が西宮正直《にしみやまさなお》さん（75）＝富山市西宮町《とやましにしのみやまち》。「岩瀬《いわせ》のごっつい祭《まつ》りを見《み》に来《き》てください」と、山田洋次監督《やまだようじかんとく》に直談判《じかだんぱん》したことをきっかけに、富山《とやま》での誘致運動《ゆうちうんどう》は始《はじ》まった。

岩瀬地区入《いわせちくい》り口《ぐち》の街道沿《かいどうぞ》い。西宮《にしみや》さんが営《いとな》む喫茶店《きっさてん》の前《まえ》には、風雪《ふうせつ》にペンキもあせた寅《とら》さんの看板《かんばん》が立《た》っている。柴又《しばまた》の寅《とら》さん像《ぞう》にかなうべくもないが、岩瀬《いわせ》を2度《ど》訪《おとず》れた山田監督《やまだかんとく》も〝公認《こうにん》〟の看板《かんばん》だ。

誘致運動《ゆうちうんどう》の証《あか》しの、ややくたびれた寅《とら》さんは、いまも西宮《にしみや》さんの思《おも》いをのせてこう呼《よ》び掛《か》けている。「おーい　幸福《しあわせ》かい」

＊

1990年《ねん》8月《がつ》、婦中町《ふちゅうまち》（現富山市婦中町《げんとやましふちゅうまち》）に映画監督《えいがかんとく》や評論家《ひょうろんか》らが集《つど》い、3日間《かかん》の日程《にってい》で「映画大学《えいがだいがく》」が開《ひら》かれた。山田監督《やまだかんとく》が講演《こうえん》する3日目《かめ》、約束《やくそく》もなしに主催者《しゅさいしゃ》の元《もと》にジーパンにバンダナ姿《すがた》の男《おとこ》が現《あらわ》れた。「山田監督《やまだかんとく》に会《あ》いたい」。当時《とうじ》48歳《さい》、青《せい》年《ねん》のように意気盛《いきさか》んな西宮《にしみや》さんだ。

岩瀬曳山車祭《いわせひきやままつり》を見《み》てほしい、そして寅《とら》さんのロケ地《ち》に――。その一念《いちねん》で祭《まつ》りの魅力《みりょく》をまくし立《た》てた。迫力《はくりょく》に押《お》されたのか、監督《かんとく》は「一度見《いちどみ》たいですね」と言《い》い、手帳《てちょう》に日程《にってい》を書《か》き込《こ》んだ。翌年《よくとし》、約束通《やくそくどお》り5月《がつ》の祭《まつ》りにやって来《き》た。

その間《かん》、監督《かんとく》や松竹側《しょうちくがわ》との交渉《こうしょう》に当《あ》たったのは、主催者《しゅさいしゃ》だった富山映画《とやまえいが》サークルの久保勲《くぼいさお》さん（72）。「監督《かんとく》は、西宮《にしみや》さんに寅《とら》さんに似《に》たものを感《かん》じたのでしょう。熱《あつ》い思《おも》いが監督《かんとく》や周囲《しゅうい》の人間《にんげん》を動《うご》かした」

寅《とら》さんが旅先《たびさき》で古里柴又《ふるさとしばまた》を思《おも》うように、西宮《にしみや》さんも生《う》まれ育《そだ》った岩瀬《いわせ》への愛着《あいちゃく》は人《ひと》一倍《いちばい》。港町《みなとまち》ならではの歴史《れきし》や文化《ぶんか》、そして祭《まつ》り。直談判《じかだんぱん》は、打算《ださん》なしに古里《ふるさと》を思《おも》う率《そっ》直《ちょく》な行動《こうどう》だった。

祭《まつ》り当日《とうじつ》、監督《かんとく》は岩瀬《いわせ》の人《ひと》たちの歓待《かんたい》を受《う》け、夜遅《よるおそ》くまで港町《みなとまち》の勇壮《ゆうそう》な曳《ひ》き合《あ》いを楽《たの》しんだ。手応《てごた》えを得《え》て誘致運動《ゆうちうんどう》は熱《ねつ》を帯《お》びる。西宮《にしみや》さんと久保《くぼ》さんは度々《たびたび》、東京《とうきょう》の松竹本社《しょうちくほんしゃ》を訪《たず》ねた。岩瀬《いわせ》に誘致《ゆうち》グループができたのは1993年《ねん》。翌年《よくとし》、県《けん》や地元《じもと》企業《きぎょう》も加《くわ》わって「寅《とら》さんを富山県《とやまけん》に呼《よ》ぶ会《かい》」が発足《ほっそく》した。官民一体《かんみんいったい》の態勢《たいせい》が整《ととの》い、正式《せいしき》に松竹《しょうちく》に陳情《ちんじょう》。松竹《しょうちく》は48作目《さくめ》に富山《とやま》ロケを考《かんが》えていると応《おう》じた。

ただし、条件《じょうけん》があった。寅《とら》さんが出演《しゅつえん》するメーンロケは鹿児島県《かごしまけん》、富山《とやま》ロケは寅《とら》さんのおい、満男《みつお》のシーンが中心《ちゅうしん》になる——。

当時《とうじ》の『男《おとこ》はつらいよ』は、寅《とら》さんの出番《でばん》が減《へ》り、成長《せいちょう》した満男《みつお》のドラマへと趣《おもむき》を変《か》えていた。渥美《あつみ》さんの健康状態《けんこうじょうたい》に配慮《はいりょ》してのことで、盆暮《ぼんく》れの年《ねん》2回《かい》だった公開《こうかい》は1回《かい》になった。がんを患《わずら》っていた渥美《あつみ》さんは病《やまい》をおして撮影《さつえい》に臨《のぞ》んでいた。

呼《よ》ぶ会《かい》は、松竹《しょうちく》が示《しめ》した条件《じょうけん》をめぐって足並《あしな》みが乱《みだ》れる。最終的《さいしゅうてき》に寅《とら》さんが富山《とやま》に来《く》ることにこだわったため、松竹《しょうちく》は48作目《さくめ》の富山《とやま》ロケを見送《みおく》った。

48作《さく》『男《おとこ》はつらいよ　寅次郎紅《とらじろうくれない》の花《はな》』で富山《とやま》ロケとなるはずだったシーンは岡山《おかやま》県津山市《けんつやまし》で撮影《さつえい》された。ラストシーンは阪神大震災《はんしんだいしんさい》の被災地《ひさいち》・神戸《こうべ》で、復興《ふっこう》への希望《きぼう》を込《こ》めた締《し》めくくりとなった。公開《こうかい》から約半年後《やくはんとしご》の1996年《ねん》8月《がつ》4日《か》、渥美《あつみ》さんが亡《な》くなり、26年続《ねんつづ》いたシリーズは幕《まく》を閉《と》じた。

＊

——ああ、生《う》まれてきて良《よ》かったな、って思《おも》うことが何《なん》べんかあるじゃない、ね。そのために人間生《にんげんい》きてんじゃねえのか——。

おいの満男《みつお》に「人間《にんげん》は何《なん》のために生《い》きてるのかな」と聞《き》かれた寅《とら》さんの答《こた》え。つらいことや嫌《いや》なことの方《ほう》が多《おお》い人生《じんせい》に、すっと光《ひかり》が差《さ》し込《こ》むようだ。

風《かぜ》の吹《ふ》くまま、気《き》の向《む》くまま。自由《じゆう》で、不器用《ぶきよう》だけど正直者《しょうじきもの》。困《こま》っている人《ひと》がいたら黙《だま》っていられない。人《ひと》の幸《しあわ》せが自分《じぶん》の幸《しあわ》せ、それが寅《とら》さんだ。山田監督《やまだかんとく》は、身近《みぢか》にあるたくさんの「幸《しあわ》せのかたち」を笑《わら》いに包《つつ》んで見《み》せてくれた。

西宮《にしみや》さんは、そんな山田映画《やまだえいが》の世界《せかい》にひかれていた。呼《よ》ぶ会《かい》が、寅《とら》さんが来《く》る来《こ》ないで紛糾《ふんきゅう》したときも、「監督《かんとく》の映画《えいが》が富山《とやま》で撮影《さつえい》されるならそれでいい」という立場《たちば》だった。

渥美《あつみ》さんが亡《な》くなった1996年《ねん》。偶然《ぐうぜん》にもその年《とし》、西宮《にしみや》さんが妻《つま》の外喜子《ときこ》さん(66)とある行動《こうどう》に立《た》ち上《あ》がったのは、「一人一人《ひとりひとり》の小《ちい》さな幸《しあわ》せを大切《たいせつ》にしよう」という監督《かんとく》のメッセージが胸《むね》に響《ひび》いていたからだろう。二人《ふたり》は、いじめで一人娘《ひとりむすめ》を失《うしな》った両親《りょうしん》に寄《よ》り添《そ》う活動《かつどう》を始《はじ》めた。

1988年《ねん》、岩脇克己《いわわきかつみ》さん(75)、壽恵《としえ》さん(73)=富山市《とやまし》=の長女《ちょうじょ》で中学《ちゅうがく》1年生《ねんせい》だった寛子《ひろこ》さん(当時《とうじ》13)がいじめを苦《く》に遺書《いしょ》を残《のこ》して自殺《じさつ》した。いじめの真相《しんそう》を知《し》りたいと苦《くる》しむ両親《りょうしん》の姿《すがた》をテレビで知《し》ると、西宮《にしみや》さんはすぐに電話《でんわ》で伝《つた》えた。「一度《いちど》、話《はなし》を聞《き》かせてもらえませんか」

岩脇《いわわき》さん夫婦《ふうふ》は、娘《むすめ》の死《し》を教訓《きょうくん》に、子《こ》どもたちが安心《あんしん》して学《まな》べる学校《がっこう》にしてほしいと、富山市《とやまし》に損害賠償《そんがいばいしょう》を求《もと》める訴訟《そしょう》を起《お》こそうとしていた。西宮《にしみや》さんは「もう、ひとりにはさせないよ!の会《かい》」を立《た》ち上《あ》げ、支援《しえん》することを決《き》める。

月《つき》に1回《かい》、さまざまな立場《たちば》の人《ひと》が西宮《にしみや》さんの喫茶店《きっさてん》に集《あつ》まり、夫婦《ふうふ》を囲《かこ》んだ。岩瀬《いわせ》曳山車祭《ひきやままつり》の見物《けんぶつ》以来《いらい》、再《ふたた》び山田監督《やまだかんとく》を岩瀬《いわせ》に招《まね》き、講演会《こうえんかい》も開《ひら》いた。

提訴《ていそ》から8年後《ねんご》の2004年《ねん》。最高裁《さいこうさい》は申《もう》し立《た》てを不受理《ふじゅり》とし、学校《がっこう》の在《あ》り方《かた》に問題《もんだい》を投《な》げ掛《か》けた夫婦《ふうふ》の裁判《さいばん》は終《お》わった。

その後《ご》も月《つき》1回《かい》の集《あつ》まりは続《つづ》いている。東日本大震災《ひがしにほんだいしんさい》を機《き》に「いま、ここで共《とも》に生《い》きること」に名称《めいしょう》を変《か》え、夫婦《ふうふ》に寄《よ》り添《そ》い続《つづ》けて20年《ねん》を迎《むか》える。岩脇《いわわき》さん夫婦《ふうふ》は「心《こころ》が折《お》れそうなとき、西宮《にしみや》さんたちが懸命《けんめい》に支《ささ》えてくれました。裁判後《さいばんご》も集《つど》いを開《ひら》いてもらい、いまは気《き》の置《お》けない人《ひと》たちとの交流《こうりゅう》を楽《たの》しみにしています」と話《はな》す。

西宮《にしみや》さんは「ご夫婦《ふうふ》の悲《かな》しみに、僕《ぼく》は心《こころ》を動《うご》かすことができた。寅《とら》さん、そして山《やま》田監督《だかんとく》の映画《えいが》からたくさん学《まな》んできたからではないでしょうか」と振《ふ》り返《かえ》る。

＊

喫茶店《きっさてん》を始《はじ》めて33年《ねん》。「まちのおっちゃん」はいま、大原美術館名誉理事長《おおはらびじゅつかんめいよりじちょう》の大原《おおはら》謙一郎《けんいちろう》さんら倉敷市《くらしきし》の文化《ぶんか》、経済人《けいざいじん》との交流《こうりゅう》も続《つづ》けている。大原家《おおはらけ》がかつて、岩瀬《いわせ》の回船問屋《かいせんどんや》「森家《もりけ》」を所有《しょゆう》していた縁《えん》を大切《たいせつ》に育《はぐく》んでいる。交互《こうご》に行《い》き来《き》する「富山《とやま》・倉敷交流会《くらしきこうりゅうかい》」は8回《かい》を数《かぞ》える。

寅《とら》さんに歩《ある》いてほしかった岩瀬《いわせ》のまち。小《ちい》さな商店《しょうてん》がひしめき合《あ》い、まちに明《あ》かりをともしていたころへの郷愁《きょうしゅう》を胸《むね》に、西宮《にしみや》さんは、人《ひと》に優《やさ》しいまちの姿《すがた》を探《さが》し続《つづ》けている。「まず、住民自《じゅうみんみずか》らが真《ま》っ白《しろ》な紙《かみ》に点《てん》を描《えが》き、それを線《せん》に、面《めん》に育《そだ》てていくことを大切《たいせつ》にしていきたい」

「おーい　幸福《しあわせ》かい」。喫茶店《きっさてん》の前《まえ》で寅《とら》さんが呼《よ》び掛《か》けている。看板《かんばん》を照《て》らす小《ちい》さな明《あ》かりは一晩中《ひとばんじゅう》、消《き》えることはない。

（2016年11月1日掲載《けいさい》）

愚《ぐ》直《ちょく》と根《こん》気《き》
貫《つらぬ》いて

90歳《さい》 研究者《けんきゅうしゃ》人生《じんせい》一筋《ひとすじ》に

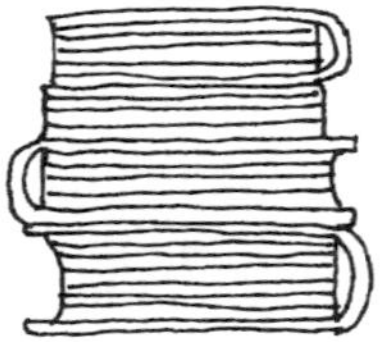

12

1931(昭和《しょうわ》6)年《ねん》、絶頂《ぜっちょう》を極《きわ》めた人気《にんき》も陰《かげ》り、落《お》ち目《め》となっていた画家《がか》・竹久《たけひさ》夢二《ゆめじ》を新天地《しんてんち》アメリカへといざなったのは、立山町出身《たてやままちしゅっしん》の翁久允《おきなきゅういん》だった。明治末《めいじまつ》に19歳《さい》で単身渡米《たんしんとべい》した久允《きゅういん》は、作家《さっか》・ジャーナリストの道《みち》を切《き》り開《ひら》き、約《やく》18年《ねん》の在米生活《ざいべいせいかつ》を送《おく》った。1924(大正《たいしょう》13)年《ねん》に帰国《きこく》し朝日新聞社《あさひしんぶんしゃ》に入社《にゅうしゃ》、夢二《ゆめじ》ら多《おお》くの画家《がか》や作家《さっか》と交流《こうりゅう》を深《ふか》めた。移民文学《いみんぶんがく》の旗手《きしゅ》として注目《ちゅうもく》されたが、夢二再生《ゆめじさいせい》を期《き》して新聞社《しんぶんしゃ》を辞《や》め、退職金《たいしょくきん》で夢二《ゆめじ》との世界漫遊《せかいまんゆう》に旅立《たびだ》った。

しかし経済観念《けいざいかんねん》に乏《とぼ》しい天才肌《てんさいはだ》の芸術家《げいじゅつか》と、若《わか》くして異郷《いきょう》に渡《わた》った苦労人《くろうにん》の間《あいだ》には埋《う》められない溝《みぞ》があった。間《ま》もなく2人はアメリカで決別《けつべつ》。1933(昭和《しょうわ》8)年《ねん》に帰国《きこく》した夢二《ゆめじ》は翌年亡《よくとしな》くなる。久允《きゅういん》は帰国後《きこくご》、郷土研究誌《きょうどけんきゅうし》『高志人《こしびと》』を創刊《そうかん》し、85歳《さい》で亡《な》くなるまで富山《とやま》の文化振興《ぶんかしんこう》に力《ちから》を注《そそ》いだ。

今夏《こんか》、夢二《ゆめじ》がアメリカで描《えが》いた1枚《まい》の絵《え》が、郷里《きょうり》にある夢二郷土美術館《ゆめじきょうどびじゅつかん》＝岡山市《おかやまし》＝で公開《こうかい》された。白人女性《はくじんじょせい》の肌《はだ》が艶《つや》やかな裸婦像《らふぞう》だ。渡米中《とべいちゅう》の数少《かずすく》ない油彩《ゆさい》に加《くわ》え、

80年以上《ねんいじょう》たっての里帰《さとがえ》りとあって、「幻《まぼろし》の油彩画《ゆさいが》」は夢二《ゆめじ》ファンの関心《かんしん》を呼《よ》んだ。夢二《ゆめじ》の全国区《ぜんこくく》の知名度《ちめいど》に比《くら》べ、久允《きゅういん》の名《な》を知《し》る人《ひと》は限《かぎ》られるだろう。久允《きゅういん》の三女《さんじょ》で90歳《さい》になる逸見久美《いつみくみ》さん＝東京都《とうきょうと》、聖徳大元教授《せいとくだいもときょうじゅ》＝はことし（2016年《ねん》）、渡米《とべい》の明暗《めいあん》をまとめた『夢二《ゆめじ》と久允《きゅういん》』を著《あらわ》した。久允《きゅういん》が邦字紙《ほうじし》に残《のこ》した随想《ずいそう》などを基《もと》に、主《おも》に父《ちち》の立場《たちば》から見《み》た2人の関係《かんけい》をつづった。

そしてもう1冊《さつ》、『与謝野寛晶子《よさのひろしあきこ》の書簡《しょかん》をめぐる考察《こうさつ》』を出《だ》した。逸見《いつみ》さんは、短歌《たんか》を革新《かくしん》した与謝野鉄幹《よさのてっかん》（寛《ひろし》）・晶子研究《あきこけんきゅう》の第一人者《だいいちにんしゃ》だ。90歳《さい》になってなお、『鉄幹晶子全集《てっかんあきこぜんしゅう》』全《ぜん》40巻《かん》の完結《かんけつ》にまい進《しん》し、自《みずか》らの研究者人生《けんきゅうしゃじんせい》をこう詠《うた》う。〈ひと時《とき》も晶子離《あきこはな》れぬわが一生《ひとよ》この執念《しゅうねん》はいずこより来《く》る〉

＊

古書店《こしょてん》がひしめく東京《とうきょう》・神田神保町《かんだじんぼうちょう》。その一角《いっかく》にある出版社《しゅっぱんしゃ》の一室《いっしつ》が『鉄幹晶子全集《てっかんあきこぜんしゅう》』の編集室《へんしゅうしつ》。壁一面《かべいちめん》に、半世紀《はんせいき》にわたって逸見《いつみ》さんが収集《しゅうしゅう》してきた書簡《しょかん》や新聞《しんぶん》、雑誌《ざっし》のコピーなどの資料《しりょう》が並《なら》ぶ。編集代表《へんしゅうだいひょう》として週《しゅう》1回通《かいかよ》い続《つづ》けて15年《ねん》。編集《へんしゅう》スタッフと作業《さぎょう》に没頭《ぼっとう》する。自宅《じたく》でも原稿《げんこう》を書《か》き、資料調《しりょうしら》べを欠《か》かさない毎日《まいにち》だ。

これまでに手掛《てが》けた研究書類《けんきゅうしょるい》は、全集《ぜんしゅう》や書簡集《しょかんしゅう》、評伝《ひょうでん》、短歌《たんか》の全釈《ぜんしゃく》など70冊《さつ》を超《こ》える。現在編《げんざいへん》さん中《なか》の全集《ぜんしゅう》は全《ぜん》40巻《かん》。２００１（平成《へいせい》13）年《ねん》から刊行《かんこう》が始《はじ》まり、34巻《かん》まで出《で》た。１９８１（昭和《しょうわ》56）年《ねん》に完結《かんけつ》した『与謝野晶子全集《よさのあきこぜんしゅう》』全《ぜん》20巻《かん》以来《いらい》、逸見《いつみ》さんにとって2回目《かいめ》の全集編《ぜんしゅうへん》さんとなる。

「私《わたし》の与謝野研究《よさのけんきゅう》の総仕上《そうしあ》げ。この全集《ぜんしゅう》を完成《かんせい》させるまで、倒《たお》れるわけにはいきません」。90歳《さい》という年齢《ねんれい》を感《かん》じさせないのは、研究《けんきゅう》を全《まっと》うするという強《つよ》い思《おも》いで日々《ひび》の健康管理《けんこうかんり》を怠《おこた》らないからだろう。

大学《だいがく》の卒論《そつろん》で取《と》り組《く》んで以来《いらい》、いまにつながる道《みち》を真《ま》っすぐに歩《ある》き続《つづ》ける。きっかけは晶子《あきこ》の評論集《ひょうろんしゅう》を読《よ》んだことだった。

恋《こい》の情熱《じょうねつ》をうたいあげた第《だい》1歌集《かしゅう》『みだれ髪《がみ》』の、〈やは肌《はだ》のあつき血潮《ちしお》にふれも見《み》でさびしからずや道《みち》を説《と》く君《きみ》〉で知《し》られる晶子《あきこ》だが、短歌《たんか》に限《かぎ》らず、詩《し》や評論《ひょうろん》、古典《こてん》の現代語訳《げんだいごやく》など幅広《はばひろ》い分野《ぶんや》で活躍《かつやく》した女性《じょせい》だった。

戦後間《せんごま》もなく大学《だいがく》に入学《にゅうがく》した逸見《いつみ》さんにとって、女性《じょせい》の自立《じりつ》や男女平等《だんじょびょうどう》の教育《きょういく》などを説《と》いたその評論《ひょうろん》は、新《あたら》しい時代《じだい》の女性《じょせい》の生《い》き方《かた》を示《しめ》しているように思《おも》えた。アメリカで長《なが》く暮《く》らした父《ちち》、久允《きゅういん》も日《ひ》ごろ、「自立心《じりつしん》の強《つよ》いアメリカ女性《じょせい》」について語《かた》ってくれていた。晶子《あきこ》の言葉《ことば》を生《い》きる指針《ししん》と受《う》け止《と》め、そのエネルギッシュな人生《じんせい》を研究《けんきゅう》しようと決《き》めた。

その当時《とうじ》は研究《けんきゅう》といっても、妻子《さいし》ある鉄幹《てっかん》と晶子《あきこ》の恋愛《れんあい》を興味本位《きょうみほんい》に取《と》り上《あ》げた創作風《そうさくふう》のものが多《おお》く、「まじめに研究《けんきゅう》しようという風潮《ふうちょう》ではありませんでした」。与謝野《よさの》夫妻《ふさい》を学問《がくもん》として位置付《いちづ》け、きちんとした評伝《ひょうでん》を書《か》くことが大《おお》きなテーマとなった。そのために生《なま》の資料《しりょう》を探《さが》し出《だ》し、書簡《しょかん》を収集《しゅうしゅう》して解読《かいどく》することを自《みずか》らに課《か》した。地道《じみち》な、独自《どくじ》の実証的《じっしょうてき》な研究《けんきゅう》が始《はじ》まった。

＊

逸見《いつみ》さんの父《ちち》、久允《きゅういん》は、排日感情高《はいにちかんじょうたか》まるアメリカで作家《さっか》・ジャーナリストとして名《な》を成《な》した。帰国後《きこくご》は東京《とうきょう》と富山《とやま》を行《い》き来《き》しながら398号《ごう》を数《かぞ》える『高志人《こしびと》』を発行《はっ》した。まさに気骨《きこつ》の人《ひと》だった。

明治人《めいじじん》のたくましい精神力《せいしんりょく》。そして富山県人《とやまけんじん》らしい粘《ねば》り強《づよ》さ。逸見《いつみ》さんは、そうした資質《ししつ》を受《う》け継《つ》いだようだ。全国《ぜんこく》に散在《さんざい》する書簡《しょかん》を訪《たず》ねて解読《かいどく》するという、ほとんど手《て》つかずの研究《けんきゅう》に乗《の》り出《だ》し、地道《じみち》な解読作業《かいどくさぎょう》に長年取《ながねんと》り組《く》んできた。「日記《にっき》を残《のこ》さなかった夫妻《ふさい》の日常《にちじょう》は、書簡《しょかん》からうかがうしかなかったのです」

家庭《かてい》との両立《りょうりつ》に頭《あたま》を悩《なや》ませながら、夫妻《ふさい》の支援者《しえんしゃ》や弟子《でし》などの遺族《いぞく》らを全国《ぜんこく》に訪《たず》ねた。まだコピーが普及《ふきゅう》していないころは、手書《てが》きで書《か》き写《うつ》さなくてはならなかったが、「家宝《かほう》のように大切《たいせつ》にされている書簡《しょかん》を、手《て》に取《と》って見《み》せてもらったときの感動《かんどう》はいまも忘《わす》れられません」。

解読《かいどく》は容易《ようい》ではなかった。晶子《あきこ》の初期《しょき》の字《じ》は短歌同様《たんかどうよう》に奔放《ほんぽう》な自己流《じこりゅう》。1字《じ》1字《じ》をなぞり書《か》き、不明《ふめい》の文字《もじ》を家中《いえじゅう》のあちこちに貼《は》って解読《かいどく》に励《はげ》んだ。全集《ぜんしゅう》の編集委員《へんしゅういいん》の一人《ひとり》、田口佳子《たぐちけいこ》さん（64）は「逸見先生《いつみせんせい》はとにかく与謝野研究《よさのけんきゅう》が第一《だいいち》。気晴《きば》らしの旅行《りょこう》にも資料《しりょう》や原稿《げんこう》を持《も》っていく人《ひと》です。記憶力《きおくりょく》も抜群《ばつぐん》で、書簡《しょかん》の日付《ひづけ》などをしっかり覚《おぼ》えているんです」と話《はな》す。

5冊《さつ》になった書簡集《しょかんしゅう》に収《おさ》めたのはおよそ3000通《つう》。未発表《みはっぴょう》だったものも多《おお》い。書簡《しょかん》から新事実《しんじじつ》が判明《はんめい》したり、作品《さくひん》の裏付《うらづ》けを得《え》られたりすることが更《さら》なる意欲《いよく》をかき立《た》て、収集《しゅうしゅう》は半世紀《はんせいき》にわたった。

こうした研究《けんきゅう》で浮《う》かび上《あ》がってきたのは鉄幹《てっかん》の存在《そんざい》だった。人気《にんき》の高《たか》い晶子《あきこ》の陰《かげ》に隠《かく》れがちだが、「晶子《あきこ》の超人的《ちょうじんてき》な多作《たさく》は、学識豊《がくしきゆた》かな鉄幹《てっかん》の協力《きょうりょく》があったからこそ。それほど2人の結《むす》び付《つ》きは強《つよ》かった」と、鉄幹《てっかん》を評価《ひょうか》する。

編《へん》さん中《ちゅう》の全集《ぜんしゅう》を与謝野夫妻《よさのふさい》の全集《ぜんしゅう》としたのはそのためだ。鉄幹《てっかん》の全集《ぜんしゅう》としては初《はじ》めてとなる。「出版社《しゅっぱんしゃ》の理解《りかい》と、献身的《けんしんてき》に協力《きょうりょく》してくれる編集《へんしゅう》スタッフのおかげでここまで来《く》ることができました」。感謝《かんしゃ》の思《おも》いと共《とも》に、完結《かんけつ》へとひた走《はし》る。

＊

与謝野研究《よさのけんきゅう》と共《とも》に、逸見《いつみ》さんが長年心《ながねんこころ》を砕《くだ》いてきたのが父《ちち》、久允《きゅういん》の足跡《そくせき》を後世《こうせい》に残《のこ》すことだった。この移民文学《いみんぶんがく》という分野《ぶんや》では、「最近《さいきん》、富山《とやま》に若手《わかて》の研究者《けんきゅうしゃ》が現《あらわ》れて心強《こころづよ》く思《おも》っています。いつか父《ちち》の評伝《ひょうでん》をまとめてもらえれば」と目《め》を細《ほそ》める。

期待《きたい》を寄《よ》せるのは、富山大准教授《とやまだいじゅんきょうじゅ》の水野真理子《みずのまりこ》さん（40）。米文学《べいぶんがく》の中《なか》でも、日系《にっけい》アメリカ人《じん》の文学活動《ぶんがくかつどう》をテーマとする。「在米時代《ざいべいじだい》の経験《けいけん》が久允《きゅういん》の人生《じんせい》や思想《しそう》にどのように影響《えいきょう》したのか」に関心《かんしん》を寄《よ》せ、新《あら》たな視点《してん》から久允像《きゅういんぞう》に迫《せま》るつもりだ。偶然《ぐうぜん》にも同《おな》じ立山町出身《たてやままちしゅっしん》ということも手伝《てつだ》って、研究《けんきゅう》に熱《ねつ》が入《はい》る。

逸見《いつみ》さんからは連載《れんさい》を掲載《けいさい》する雑誌《ざっし》を紹介《しょうかい》してもらったり、貴重《きちょう》な資料《しりょう》の提供《ていきょう》を受《う》けたりしている。同《おな》じ研究者《けんきゅうしゃ》の道《みち》を歩《あゆ》む先達《せんだつ》から、大《おお》きな刺激《しげき》も受《う》けている。「女性《じょせい》研究者《けんきゅうしゃ》の一人《ひとり》として、長《なが》く研究《けんきゅう》に携《たずさ》わっていらっしゃる姿《すがた》にあこがれます」

逸見《いつみ》さんは研究一筋《けんきゅうひとすじ》の人生《じんせい》を「愚直《ぐちょく》に、根気強《こんきづよ》く取《と》り組《く》んできた道《みち》のり」と振《ふ》り返《かえ》る。控《ひか》えめな語《かた》り口《くち》の中《なか》にも、与謝野夫妻《よさのふさい》の真実《しんじつ》に迫《せま》ってきたという自負《じふ》が漂《ただよ》う。

戦後間《せんごま》もなく、まだ大学《だいがく》で学《まな》ぶ女性《じょせい》が少《すく》なかった時代《じだい》に「存分《ぞんぶん》に勉強《べんきょう》しなさい」と背中《せなか》を押《お》してくれたのは父《ちち》、久允《きゅういん》だった。逸見《いつみ》さんはその言葉《ことば》を胸《むね》に、全集完結《ぜんしゅうかんけつ》へとたゆまず歩《あゆ》み続《つづ》ける。

（2016年12月1日掲載《けいさい》）

13

1000キロ飛《と》ぶ
勇《ゆう》なる翼《つばさ》

ハト飼《か》いのロマン乗《の》せ

冬《ふゆ》の澄《す》んだ青空《あおぞら》に、小《ちい》さな編隊《へんたい》が弧《こ》を描《えが》く。20羽《わ》ほどの白《しろ》いハトの一群《いちぐん》。羽《は》ばたきが太陽《たいよう》の光《ひかり》を照《て》り返《かえ》し、輝《かがや》く。

県庁《けんちょう》近《ちか》くの富山市《とやまし》中心部《ちゅうしんぶ》で、2年《ねん》ほど前《まえ》から晴《は》れた朝《あさ》などに見《み》られる光景《こうけい》だ。公園《こうえん》に居《い》つくハトではない。鶴森勝《つるもりまさる》さん（66）＝富山市《とやまし》内幸町《うちさいわいちょう》＝の飼《か》いバトで、自宅屋上《じたくおくじょう》の鳩舎《きゅうしゃ》には約《やく》50羽《わ》がいる。

かつて、少年《しょうねん》たちがハトを飼《か》うブームがあった。

1964年《ねん》、東京《とうきょう》オリンピック開会式《かいかいしき》。友愛《ゆうあい》の証《あか》し、8000羽《ば》のハトが秋晴《あきば》れの空《そら》を舞《ま》った。その光景《こうけい》が少年《しょうねん》たちの心《こころ》をとらえたらしい。中学生《ちゅうがくせい》だった鶴森《つるもり》さんもその一人《ひとり》。「近所《きんじょ》には、五輪《ごりん》をきっかけに飼《か》い始《はじ》めたという仲間《なかま》がたくさんいました」

進学《しんがく》を機《き》にハトから遠《とお》ざかったが、定年後《ていねんご》、念願《ねんがん》だった〝ハト飼《か》い〟になった。こうした再開組《さいかいぐみ》は少《すく》なくない。「空《そら》に飛《と》び出《だ》したハトがちゃんと自分《じぶん》のところに戻《もど》ってくる。健気《けなげ》で、かわいい」。自由《じゆう》に空《そら》を飛《と》ぶ姿《すがた》は見《み》ていて飽《あ》きることがない。

飼育《しいく》するのは「レースバト」。公園《こうえん》や神社《じんじゃ》にいるハトとは、似《に》て非《ひ》なるもの。数百《すうひゃく》キロを飛《と》んでスピードを競《きそ》うハトレース用《よう》に品種改良《ひんしゅかいりょう》を重《かさ》ねた空《そら》のサラブレッドだ。もっとも、鶴森《つるもり》さんはレースに参加《さんか》するつもりはないと言《い》う。「こうして1羽《わ》1羽《わ》の顔《かお》を覚《おぼ》えて、名前《なまえ》も付《つ》けてしまうと――」荒天《こうてん》に、猛禽類《もうきんるい》の襲撃《しゅうげき》。大自然《だいしぜん》を舞台《ぶたい》にしたハトレースは、生死《せいし》を懸《か》けたサバイバルレースだ。

＊

動物《どうぶつ》によるレースといえば、まず思《おも》い浮《う》かぶのは競馬《けいば》だろう。「競翔《きょうしょう》」と呼《よ》ばれるハトレースは、一般《いっぱん》の人《ひと》にほとんどなじみがない。愛鳩家《あいきゅうか》たちによる趣味《しゅみ》の世界《せかい》。育《そだ》てたハトを持《も》ち寄《よ》ってスタート地点《ちてん》までトラックで運《はこ》び、一斉《いっせい》に放《はな》つ。それぞれの鳩舎《きゅうしゃ》までの距離《きょり》を、帰還《きかん》に掛《か》かった時間《じかん》で割《わ》った分速《ふんそく》で競《きそ》い合《あ》う。時速《じそく》にすれば平《へい》均《きん》60キロほどのスピードが出《で》る。

ギャンブルとは無縁《むえん》で賞金《しょうきん》もない。競馬《けいば》との共通点《きょうつうてん》は、どちらも血統《けっとう》のスポーツということだ。優秀《ゆうしゅう》な種《たね》バトを掛《か》け合《あ》わせ、「長距離《ちょうきょり》に強《つよ》い」「悪天候《あくてんこう》に強《つよ》い」など、レースに適《てき》したハトを育《そだ》て上《あ》げる。趣味《しゅみ》とはいいながら、「最速《さいそく》」という称号《しょうごう》を懸《か》けた勝《しょう》負《ぶ》の世界《せかい》でもある。

1960年代半《ねんだいなか》ばまで新聞社《しんぶんしゃ》や通信社《つうしんしゃ》は伝書《でんしょ》バトを飛《と》ばし、離島《りとう》などからフィルムや原稿《げんこう》を運《はこ》ばせた。通信機器《つうしんきき》の発達《はったつ》で報道《ほうどう》という使命《しめい》を終《お》えた伝書《でんしょ》バトのDNAは、レースという世界《せかい》に生《い》き永《なが》らえている。

日本鳩《にほんはと》レース協会《きょうかい》によると、日本《にほん》のレース人口《じんこう》はおよそ1万人《まんにん》。少年誌《しょうねんし》にハトレースの漫画《まんが》が連載《れんさい》された70年代末《ねんだいまつ》に比《くら》べると3分《ぶん》の1に減《へ》った。県内《けんない》も同様《どうよう》だが、レースに打《う》ち込《こ》む愛鳩《あいきゅう》家《か》たちは、こう口《くち》をそろえる。「何百《なんびゃく》キロかなたから力《ちから》の限《かぎ》り飛《と》び続《つづ》け、自分《じぶん》の元《もと》に帰《かえ》ってくる。その瞬間《しゅんかん》は何度《なんど》味《あじ》わってもうれしいものです」

太陽《たいよう》の位置《いち》や地磁気《ちじき》、視覚《しかく》や臭覚《しゅうかく》などを駆使《くし》して、遠《とお》く離《はな》れた土地《とち》からでも自分《じぶん》の鳩舎《きゅうしゃ》に戻《もど》るといわれるが、正確《せいかく》には分《わ》かっていない。確《たし》かなのは、ハトには自分《じぶん》の巣《す》や家族《かぞく》の元《もと》に帰《かえ》りたいという並外《なみはず》れた帰巣本能《きそうほんのう》があるということだ。

＊

大空《おおぞら》が競技場《きょうぎじょう》のハトレースに観客《かんきゃく》はいない。最大《さいだい》の見《み》せ場《ば》といえるのが、何千羽《なんぜんば》というハトが一斉《いっせい》に飛《と》び立《た》つ放鳩《ほうきゅう》シーンだ。

「太陽《たいよう》が昇《のぼ》り始《はじ》めると何《なに》かを感《かん》じ取《と》って、ケージの中《なか》のハトたちが急《きゅう》にざわつき始《はじ》めるんです」。富山県《とやまけん》の連盟事務局《れんめいじむきょく》で放鳩《ほうきゅう》を担当《たんとう》する宇枝幹治《うえだみきはる》さん（61）＝富山市岩《とやましいわ》瀬白山町《せはくさんまち》＝が言《い》う。「参加者《さんかしゃ》から預《あず》かった大切《たいせつ》なハトですから、みんな無事《ぶじ》に帰《かえ》ってくれと祈《いの》る気持《きも》ちで放《はな》します」

上空《じょうくう》を数度旋回《すうどせんかい》して方角《ほうがく》を定《さだ》めると、一直線《いっちょくせん》に飛《と》んでいく。全《すべ》てのハトが無事《ぶじ》に自分《じぶん》の鳩舎《きゅうしゃ》に帰《かえ》れるわけではない。体力《たいりょく》が尽《つ》きて脱落《だつらく》するもの、天敵《てんてき》のタカやハヤブサに襲《おそ》われるもの。大《おお》けがを負《お》いながらたどり着《つ》くものもいる。レースの距離《きょり》に比例《ひれい》して八トの帰還率《きかんりつ》は悪《わる》くなる。

富山《とやま》のハト飼《か》いたちが最《もっと》も情熱《じょうねつ》を注《そそ》ぎ込《こ》むレースが、1970年《ねん》から始《はじ》まった「稚《わっか》内《ない》グランドナショナル（GN）」。北《きた》の果《は》て北海道《ほっかいどう》・稚内《わっかない》から津軽海峡《つがるかいきょう》を渡《わた》って1000キロを旅《たび》する。

2月《がつ》から訓練《くんれん》を始《はじ》め、少《すこ》しずつ距離《きょり》を延《の》ばし5月《がつ》の稚内《わっかない》GNに備《そな》える。最速《さいそく》だけが栄誉《えいよ》ではない。帰還率《きかんりつ》や帰還羽数《きかんはすう》、あるいは何羽出場《なんわしゅつじょう》させたか。帰還率《きかんりつ》2~3割《わり》という厳《きび》しいレースだからこそ、こうした記録《きろく》も重《おも》んじられる。

「より遠《とお》くから、より速《はや》く。それがハト飼《か》いのロマン」と宇枝《うえだ》さん。そのロマンを追《お》い求《もと》めたハト飼《か》いの一人《ひとり》として、宇枝《うえだ》さんが思《おも》い浮《う》かべる人《ひと》がいる。

2010年《ねん》、60歳《さい》でがんで亡《な》くなった布村武雄《ぬのむらたけお》さん。高校生《こうこうせい》の時《とき》からレースに参加《さんか》し、信用金庫《しんようきんこ》に勤《つと》めながら稚内《わっかない》GNに情熱《じょうねつ》を燃《も》やし続《つづ》けた。肺梗塞《はいこうそく》で生死《せいし》の境《さかい》をさまよったときも、「生《い》き返《かえ》ったのはもう一度《いちど》稚内《わっかない》で優勝《ゆうしょう》するため」と、思《おも》い定《さだ》めるほどだった。生前《せいぜん》は北陸最多《ほくりくさいた》の帰還羽数《きかんはすう》を誇《ほこ》った。

＊

主《あるじ》がいなくなった布村《ぬのむら》さんの鳩舎《きゅうしゃ》は、いまも富山市宮尾《とやましみやお》の自宅裏《じたくうら》にそのままある。宇枝《うえだ》さんが受《う》け継《つ》ぎ、約《やく》160羽《わ》の飼育《しいく》を続《つづ》けている。布村《ぬのむら》さんの妻《つま》、恵子《けいこ》さん（62）は「ハトのことは分《わ》からないので本当《ほんとう》にありがたい。お父《とう》さんも喜《よろこ》んでいると思《おも》います」と感謝《かんしゃ》する。

がんとの闘病《とうびょう》が始《はじ》まり、やがて飼育《しいく》がままならなくなると、宇枝《うえだ》さんは布村《ぬのむら》さんのハトの世話《せわ》を買《か》って出《で》た。当時《とうじ》は現役《げんえき》のサラリーマン。時間《じかん》をやり繰《く》りし、自宅《じたく》の鳩《きゅう》舎《しゃ》と布村《ぬのむら》さんの鳩舎《きゅうしゃ》を行《い》き来《き》した。いわゆる再開組《さいかいぐみ》でレース経験《けいけん》はほとんどなかったが、「初対面《しょたいめん》の時《とき》から目《め》をかけてもらい、その信頼《しんらい》に応《こた》えようと必死《ひっし》でした」。

亡《な》くなる3カ月前《げつまえ》、2010年《ねん》の稚内《わっかない》GN。布村《ぬのむら》さん自身《じしん》も周囲《しゅうい》も、これが生涯最《しょうがいさい》後《ご》のレースになるだろうと予感《よかん》していた。

稚内《わっかない》GNに向《む》け、布村《ぬのむら》さんのハトを訓練《くんれん》し、調整《ちょうせい》をしてきた宇枝《うえだ》さんは、祈《いの》るような気持《きも》ちで10羽《わ》を参加《さんか》させた。布村《ぬのむら》さんの目標《もくひょう》はあくまでも総合優勝《そうごうゆうしょう》。その期待《きたい》に応《こた》えられるのか、不安《ふあん》だった。

5月《がつ》9日午前《かごぜん》7時《じ》20分《ぷん》、274羽《わ》が稚内《わっかない》をスタートした。その日《ひ》、布村《ぬのむら》さんのハトは帰《かえ》って来《こ》なかった。翌日《よくじつ》も、布村《ぬのむら》さんは朝《あさ》から鳩舎《きゅうしゃ》の前《まえ》で待《ま》ち続《つづ》けた。午前《ごぜん》10時過《じす》ぎ、北《きた》の空《そら》に小《ちい》さな点《てん》が現《あらわ》れると、真《ま》っすぐに向《む》かって来《き》た。

帰還《きかん》できたのは結局《けっきょく》、この1羽《わ》だけだった。総合《そうごう》6位《い》。優勝《ゆうしょう》は逃《のが》したが、布村《ぬのむら》さんは最後《さいご》に胸《むね》に刻《きざ》んだ。ハトが自分《じぶん》の元《もと》に帰《かえ》って来《く》る、ハト飼《か》いの喜《よろこ》びを。

「この鳩舎《きゅうしゃ》、思《おも》うようにやっていいよ」。レース後《ご》、宇枝《うえだ》さんは鳩舎《きゅうしゃ》を託《たく》された。布《ぬの》村《むら》さんは稚内《わっかない》GN用《よう》に「日本《にほん》アルプス」という長距離《ちょうきょり》に強《つよ》い血統《けっとう》を作《つく》った。その血統《けっとう》を守《まも》っていこうと心《こころ》に誓《ちか》った。

稚内《わっかない》からの帰還羽数《きかんはすう》、計《けい》249羽《わ》。その記録《きろく》を残《のこ》して、布村《ぬのむら》さんは亡《な》くなった。

*

「休《やす》みの日《ひ》は朝《あさ》から鳩舎《きゅうしゃ》にこもって、本当《ほんとう》に楽《たの》しそうでした」。恵子《けいこ》さんはハトを慈《いつく》しんだ夫《おっと》の表情《ひょうじょう》を忘《わす》れない。帰《かえ》って来《こ》なかったハトにも心《こころ》を痛《いた》めた人《ひと》だった。

磨《みが》き上《あ》げた飛翔能力《ひしょうのうりょく》と帰巣本能《きそうほんのう》。それだけを頼《たよ》りに、小《ちい》さな翼《つばさ》を打《う》ち振《ふ》って大空《おおぞら》をかける。その姿《すがた》に、ハト飼《か》いは勇気《ゆうき》や希望《きぼう》を重《かさ》ねる。

宇枝《うえだ》さんは連盟事務局《れんめいじむきょく》としてレース運営《うんえい》などの裏方《うらかた》に徹《てっ》してきたが、レースにも本格的《ほんかくてき》に参加《さんか》したいと考《かんが》えている。「日本《にほん》アルプス」の血統《けっとう》を飛《と》ばそう――。「それが布村《ぬのむら》さんの、そして私《わたし》の夢《ゆめ》ですから」

（2017年1月1日掲載《けいさい》）

14

ケア　シェア　ラブ

ドムさんからの贈《おく》り物《もの》

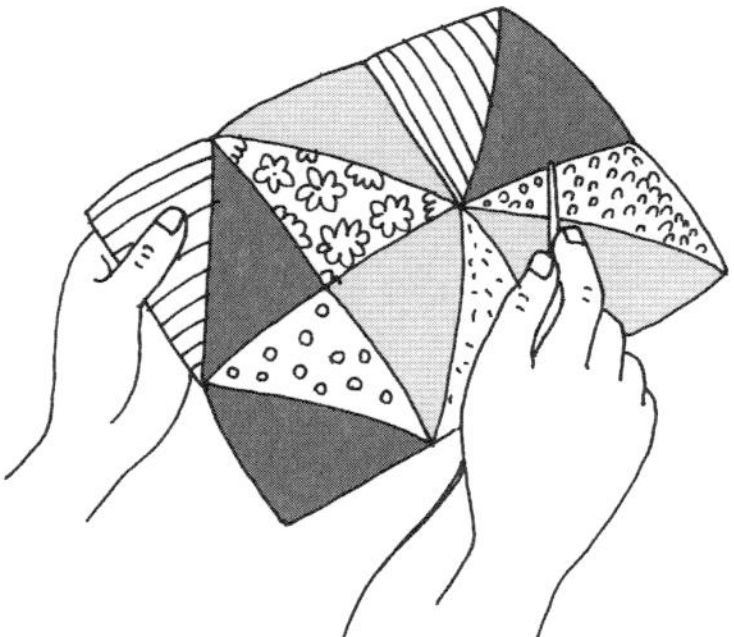

一方通行《いっぽうつうこう》の細《ほそ》い路地《ろじ》が入《い》り組《く》む富山市《とやまし》中心部《ちゅうしんぶ》の繁華街《はんかがい》。「祈《いの》りの家《いえ》」＝富山市山王《とやましさんのう》町《まち》＝は、そんな街角《まちかど》にある。見《み》た目《め》は普通《ふつう》の民家《みんか》だが、カトリックの「幼《おさな》き聖《せい》マリア修道会富山修道院《しゅうどうかいとやましゅうどういん》」の施設《しせつ》で、玄関《げんかん》には木製《もくせい》の素朴《そぼく》な十字架《じゅうじか》が掛《か》かっている。

昨年《さくねん》（２０１６年《ねん》）11月初旬《がつしょじゅん》、祈《いの》りの家《いえ》の和室《わしつ》。エプロン姿《すがた》の女性《じょせい》たち10人余《にんあま》りの輪《わ》の中《なか》に、身長《しんちょう》2メートルを超《こ》える大《おお》きな男性《だんせい》がいた。アメリカ人《じん》のボブ・ナッシュさん（66）。プロバスケットボール・Ｂリーグ１部《ぶ》、富山《とやま》グラウジーズのヘッドコーチだ。現在《げんざい》、５季目《きめ》の指揮《しき》を執《と》る。

女性《じょせい》たちは、ホームレスや生活困窮者《せいかつこんきゅうしゃ》への炊《た》き出《だ》しをしている「駅北食堂《えききたしょくどう》」のメンバー。毎週月曜日《まいしゅうげつようび》の午後《ごご》、祈《いの》りの家《いえ》の台所《だいどころ》で約《やく》20人分《にんぶん》を調理《ちょうり》し、出来《でき》たてを車《くるま》で富山駅《とやまえき》まで運《はこ》ぶ。駅北口《えききたぐち》の地下広場《ちかひろば》で午後《ごご》5時《じ》から約《やく》30分《ぷん》、即席《そくせき》の〝食堂《しょくどう》〟を開《ひら》いている。

この日《ひ》は炊《た》き出《だ》しのある月曜日《げつようび》。調理《ちょうり》の手《て》を休《やす》め、ボブさんと、アメリカから駆《か》け付《つ》けた長女《ちょうじょ》のエリカさん（39）を囲《かこ》んでささやかなセレモニーが始《はじ》まった。

ボブさんは額面《がくめん》3000ドルの小切手《こぎって》をメンバーに手渡《てわた》し、試合《しあい》では見《み》られない穏《おだ》やかな表情《ひょうじょう》で言《い》った。「生活《せいかつ》に困《こま》っている人《ひと》たちへのギフトです。生前《せいぜん》、ドムさんは、富山《とやま》で意義《いぎ》のある活動《かつどう》に参加《さんか》できたことをとても喜《よろこ》んでいました」

駅北食堂《えききたしょくどう》メンバーだったボブさんの妻《つま》、ドムリンさんは、この約《やく》3カ月前《げつまえ》の7月《がつ》末《まつ》に65歳《さい》で亡《な》くなった。がん告知《こくち》からわずか2カ月後《げつご》だった。亡《な》くなる前《まえ》、ボブさんら家族《かぞく》に伝《つた》えていた。「駅北食堂《えききたしょくどう》の活動《かつどう》を支《ささ》え、困《こま》っている人《ひと》たちに手《て》を差《さ》し伸《の》べて」

＊

「おもちのお代《か》わり、ありますよ」

「じゃあ、もう一《ひと》つ。ようやく正月《しょうがつ》が来《き》た気分《きぶん》だよ」

1月《がつ》5日《か》、ことし最初《さいしょ》の駅北食堂《えききたしょくどう》。新年恒例《しんねんこうれい》の雑煮《ぞうに》とおせちが振《ふ》る舞《ま》われた。

2011年《ねん》に始《はじ》まった活動《かつどう》は、この2月《がつ》で丸《まる》6年《ねん》を迎《むか》えた。栄養《えいよう》バランスを考《かんが》えた食事《しょくじ》を提供《ていきょう》するほか、困《こま》り事《ごと》や相談事《そうだんごと》に耳《みみ》を傾《かたむ》け、支援者《しえんしゃ》に引《ひ》き継《つ》いできた。常連《じょうれん》には、生活保護《せいかつほご》を受《う》けながらアパートに独《ひと》りで暮《く》らす高齢者《こうれいしゃ》が多《おお》い。仕事《しごと》も住《す》むところも失《うしな》って、人《ひと》づてにやって来《く》る新顔《しんがお》のホームレスもいる。おなかを満《み》たす手作《てづく》りの食事《しょくじ》と何気《なにげ》ない普通《ふつう》の会話《かいわ》が、凍《い》てつきがちな利用者《りようしゃ》の心《こころ》も温《あたた》めてくれる。

大《おお》きな鍋《なべ》や炊飯器《すいはんき》の地下《ちか》への揚《あ》げ降《お》ろしは、男性利用者《だんせいりようしゃ》が率先《そっせん》して手伝《てつだ》う。そんな役割分担《やくわりぶんたん》も自然《しぜん》に生《う》まれた。6年《ねん》という月日《つきひ》は、小《ちい》さいながらも確《たし》かなコミュニティーを地下広場《ちかひろば》に育《はぐく》んだ。メンバーの川崎紀子《かわさきのりこ》さん（74）は、「病気《びょうき》や障害《しょうがい》などさまざまな事情《じじょう》を抱《かか》えた人《ひと》たちが、いつでも安心《あんしん》して来《こ》られる場《ば》となるよう心掛《こころが》けてきました」と話《はな》す。

2人《じん》のインド人シスターにカトリック信者《しんじゃ》、アジアの子《こ》どもを支援《しえん》する市民団体《しみんだんたい》の女性《じょせい》たちというメンバーに、ドムリンさんが加《くわ》わったのは2013年《ねん》だった。前年《ぜんねん》、ボブさんが富山《とやま》グラウジーズのヘッドコーチに就《つ》き、夫婦《ふうふ》で自宅《じたく》のあるハワイから来《らい》日《にち》した。

富山《とやま》の住《す》まいを教会近《きょうかいちか》くにするほど、敬《けい》けんなカトリック信者《しんじゃ》の2人。ドムリンさんはシスターに「手伝《てつだ》うことがあれば教《おし》えて」と声《こえ》を掛《か》けた。「有名人《ゆうめいじん》の奥《おく》さんで忙《いそが》しそう」と、遠慮《えんりょ》がちにシスターが駅北食堂《えききたしょくどう》の話《はなし》をすると、ドムリンさんは喜《よろこ》んで仲間《なかま》に加《くわ》わってくれた。

＊

駅北《えききた》コミュニティーの一員《いちいん》として生活困窮者《せいかつこんきゅうしゃ》に心《こころ》を寄《よ》せたドムリンさんは、「グラウジーズのお母《かあ》さん」でもあった。ヘッドコーチの妻《つま》として勝負師《しょうぶし》の夫《おっと》を支《ささ》え、選手《せんしゅ》やスタッフ、ブースターと呼《よ》ばれるファンに家族《かぞく》のような愛情《あいじょう》を注《そそ》いだ。

選手《せんしゅ》やスタッフの誕生日《たんじょうび》。ドムリンさん手作《てづく》りのケーキと手料理《てりょうり》で祝《いわ》うのが恒例《こうれい》だった。アウェーの試合《しあい》のときは移動中《いどうちゅう》の食事用《しょくじよう》に、早起《はやお》きしてたくさんのサンドイッチを作《つく》った。試合会場《しあいかいじょう》では声《こえ》をからしてチームを鼓舞《こぶ》し、負《ま》けると「ゴメンナサイネ」

と周囲《しゅうい》に頭《あたま》を下《さ》げた。

コーチ歴《れき》30年《ねん》以上《いじょう》のキャリアの中《なか》で、ボブさんが常《つね》に「選手《せんしゅ》は家族《かぞく》のような存在《そんざい》」としてチーム作《づく》りをしてきたのも、こうしたドムリンさんの姿勢《しせい》と響《ひび》き合《あ》ってのことだろう。

ブースターとの垣根《かきね》もなかった。チーム発足時《ほっそくじ》から家族《かぞく》ぐるみで応援《おうえん》している山岡《やまおか》良子《よしこ》さん（54）は、まだ来日間《らいにちま》もないドムリンさんを誘《さそ》ってアウェーの試合《しあい》に行《い》き、親《した》しくなった。

ハワイで挙《あ》げた次女《じじょ》の結婚式《けっこんしき》にはボブさん夫婦《ふうふ》も出席《しゅっせき》し、自宅《じたく》でパーティーを開《ひら》いてくれた。「選手《せんしゅ》たちと同《おな》じようにブースターにも親《した》しく接《せっ》してくれる、気《き》さくで魅力的《みりょくてき》な女性《じょせい》でした」

ハワイで生《う》まれ育《そだ》ち、南国《なんごく》の太陽《たいよう》のようにグラウジーズを照《て》らす一方《いっぽう》、駅北食堂《えききたしょくどう》ではほんのりと輝《かがや》く月《つき》のような存在《そんざい》だった。いつも地味《じみ》ないでたちで現《あらわ》れ、台所《だいどころ》の後《あと》片付《かたづ》けを担当《たんとう》するなど、さりげない気配《きくば》りでサポートした。

駅北食堂《えききたしょくどう》のメンバーが、ドムリンさんの異変《いへん》に気付《きづ》いたのは昨年《さくねん》3月《がつ》ごろだった。急激《きゅうげき》にやせ、教会《きょうかい》で一心《いっしん》に祈《いの》る姿《すがた》は、「何《なに》か大変《たいへん》な悩《なや》みを抱《かか》えているのでは……」と思《おも》わせた。メンバーが病気《びょうき》のことを知《し》ったのは、およそ半月後《はんつきご》のことだった。

＊

約《やく》15センチ四方《しほう》の布地《ぬのじ》を、表裏《おもてうら》160枚《まい》縫《ぬ》い合《あ》わせた大《おお》きなキルト。布地《ぬのじ》の鮮《あざ》やかな植物《しょくぶつ》や花《はな》が南国《なんごく》の雰囲気《ふんいき》を伝《つた》えている。

がんの治療《ちりょう》のため帰国《きこく》したドムリンさんが、友人《ゆうじん》の助《たす》けを借《か》りて縫《ぬ》い上《あ》げた。20枚《まい》ほどを仕上《しあ》げ、何枚《なんまい》かはいま、駅北食堂《えききたしょくどう》メンバーやブースターの山岡《やまおか》さんら親《した》しかった人《ひと》たちの手元《てもと》にある。

体調《たいちょう》が悪《わる》く活動《かつどう》できなかったので、せめてこのキルトを売《う》って資金《しきん》にできれば――。そういう思《おも》いで縫《ぬ》ったキルトだった。駅北食堂《えききたしょくどう》がメンバーの持《も》ち出《だ》しで支《ささ》えられていることを知《し》っての心遣《こころづか》いだった。

富山《とやま》のことを思《おも》いながら、一針一針《ひとはりひとはり》キルトを縫《ぬ》う時間《じかん》。それは、病気《びょうき》の不安《ふあん》を和《やわ》らげる心穏《こころおだ》やかな時《とき》でもあったろう。ハワイや富山《とやま》で友人《ゆうじん》らに買《か》ってもらい、10万円《まんえん》を寄付《きふ》した。会計《かいけい》を担当《たんとう》する境《さかい》ひとみさん(67)は「ドムさんの気持《きも》ちがうれしかった。キルトを見《み》る度《たび》、彼女《かのじょ》を思《おも》い出《だ》します」と話《はな》す。

昨年《さくねん》5月《がつ》、病《やまい》を押《お》し、ハワイから東京《とうきょう》・有明《ありあけ》コロシアムに駆《か》け付《つ》けた。Bリーグ統《とう》一前《いつまえ》の最後《さいご》のbjリーグで、グラウジーズは初《はじ》めて優勝決定戦《ゆうしょうけっていせん》に進出《しんしゅつ》。優勝《ゆうしょう》には届《とど》かず、「ゴメンナサイ」と涙《なみだ》するドムリンさんの胸《むね》には、さまざまな思《おも》いがよぎっていたのではないか。この時《とき》が、日本《にっぽん》を訪《おとず》れた最後《さいご》となった。

＊

ケア(他人《たにん》を気遣《きづか》い)、シェア(分《わ》かち合《あ》い)、ラブ(愛《あい》する)――。

ドムリンさんの生《い》き方《かた》は、ボブさんの心《こころ》に深《ふか》く刻《きざ》まれている。「私《わたし》の人生《じんせい》の中《なか》で、ドムさんは多《おお》くのことを教《おし》えてくれた。これからも大切《たいせつ》にしていくべきことです」

駅北食堂《えききたしょくどう》には新《あら》たなメンバーが加《くわ》わった。ブースターの山岡《やまおか》さんだ。生前《せいぜん》、ドムリンさんから生活困窮者支援《せいかつこんきゅうしゃしえん》について聞《き》いてもぴんと来《こ》なかったが、いまは違《ちが》う。「アメリカ人《じん》のドムさんが、富山《とやま》で困《こま》っている人《ひと》たちに寄《よ》り添《そ》ってくれた。その思《おも》いをしっかり受《う》け継《つ》ぎたい」

毎週月曜日《まいしゅうげつようび》の午後《ごご》。祈《いの》りの家《いえ》は、女性《じょせい》たちのにぎやかな声《こえ》に包《つつ》まれる。忙《いそが》しく立《た》ち働《はたら》くその姿《すがた》を、笑顔《えがお》のドムリンさんが写真《しゃしん》の中《なか》から見守《みまも》っている。

（2017年2月1日掲載《けいさい》）

※ボブ・ナッシュヘッドコーチは2016―17シーズンの契約満了《けいやくまんりょう》をもって富山《とやま》グラウジーズを退団《たいだん》しました。

15

学《まな》びを生《い》きる力《ちから》に

通塾《つうじゅく》を支援《しえん》する共笑基金《ともえききん》

「よっしゃ。あんた、全問《ぜんもん》パーフェクトやないか。分《わ》かると勉強《べんきょう》も楽《たの》しいやろ」

「もっと濃《こ》く（ノートに）書《か》いてくれ言《い》うてんねん、年寄《としよ》りには見《み》えへんのや」

威勢《いせい》のいい関西弁《かんさいべん》がぽんぽん飛《と》び出《だ》す。つられて中学生《ちゅうがくせい》たちは笑顔《えがお》になる。

「言葉遣《ことばづか》い、反省《はんせい》するんですけど」と苦笑《にがわら》いする安念正義《あんねんまさよし》さん（76）。砺波市《となみし》太田《おおた》の自宅《じたく》で、4年前《ねんまえ》から一人親家庭《ひとりおやかてい》など生活《せいかつ》が厳《きび》しい子《こ》どものための無料学習《むりょうがくしゅう》教室《きょうしつ》を開《ひら》いている。

15畳《じょう》ほどの座敷《ざしき》で、座布団《ざぶとん》に座《すわ》って中学《ちゅうがく》1年生《ねんせい》から3年生《ねんせい》まで4人《にん》が机《つくえ》に向《む》かう。寺子屋《てらこや》のような雰囲気《ふんいき》は、昨年《さくねん》（2016年《ねん》）まで36年間営《ねんかんいとな》んできた「英語《えいご》の安念《あんねん》塾《じゅく》」のままだ。

神戸《こうべ》で生《う》まれ育《そだ》った生粋《きっすい》の関西人《かんさいじん》。10年間《ねんかん》の新聞記者生活《しんぶんきしゃせいかつ》を経《へ》てアメリカの大学《だいがく》を卒業後《そつぎょうご》、妻《つま》・慧子《けいこ》さん（83）の古里《ふるさと》に移《うつ》り住《す》み、40歳《さい》で開《ひら》いた塾《じゅく》だった。

看板《かんばん》も掲《かか》げず、宣伝《せんでん》もせず、わずか3人《にん》の生徒《せいと》から始《はじ》まって、「安念塾《あんねんじゅく》に通《かよ》えば英《えい》語《ご》が伸《の》びる」と口コミで評判《ひょうばん》が広《ひろ》がった。その塾《じゅく》を高齢《こうれい》を理由《りゆう》に閉《と》じたが、「これまで生活《せいかつ》できたのは塾《じゅく》に通《かよ》ってくれた子《こ》どもたちのおかげ」と、恩返《おんがえ》しの思《おも》いで無料《むりょう》教室《きょうしつ》を始《はじ》めた。大人《おとな》が守《まも》るべき子《こ》どもの6人《にん》に1人が貧困状態《ひんこんじょうたい》にあり、「子《こ》どもの貧困対策法《ひんこんたいさくほう》」が成立《せいりつ》した年《とし》だった。

無料教室《むりょうきょうしつ》をきっかけに、県内全域《けんないぜんいき》で経済的《けいざいてき》な事情《じじょう》で塾《じゅく》に通《かよ》えない子《こ》どもたちを支《し》援《えん》できれば、と思《おも》うようになった。そして昨春《さくしゅん》、「共笑基金《ともえききん》」を立《た》ち上《あ》げた。

＊

共笑基金《ともえききん》で支援《しえん》する1人当《あ》たりの通塾費《つうじゅくひ》は、模試代《もしだい》も含《ふく》め年間《ねんかん》27万円《まんえん》。利用券《りようけん》を配布《はいふ》し、基金《ききん》にパートナー登録《とうろく》した五《いつ》つの塾《じゅく》の17教室《きょうしつ》から選《えら》んで通《かよ》う。年収《ねんしゅう》200万円以下《まんえんいか》の一人親家庭《ひとりおやかてい》か生活保護《せいかつほご》を受《う》けている家庭《かてい》の子《こ》どもたちが対象《たいしょう》だ。

「塾《じゅく》で勉強《べんきょう》する習慣《しゅうかん》を身《み》に付《つ》ければ、その子《こ》なりに必《かなら》ず伸《の》びる」。安念《あんねん》さんには36年《ねん》間《かん》の塾経営《じゅくけいえい》で得《え》た確信《かくしん》がある。「分《わ》からなかった問題《もんだい》が解《と》けると、無料教室《むりょうきょうしつ》の子《こ》たちは『私《わたし》、天才《てんさい》かも』と素直《すなお》に喜《よろこ》びます。努力《どりょく》すればできるという体験《たいけん》の積《つ》み重《かさ》ねが将来《しょうらい》の生《い》きる力《ちから》になるんです」

安念《あんねん》さんの思《おも》いをかたちにしてくれるのは、趣旨《しゅし》に賛同《さんどう》する個人《こじん》や企業《きぎょう》からの寄付《きふ》金《きん》だ。だが、地縁《ちえん》血縁《けつえん》が幅《はば》を利《き》かす土地柄《とちがら》で県外出身《けんがいしゅっしん》の身《み》には確固《かっこ》とした人脈《じんみゃく》はない。慧子《けいこ》さんには当初《とうしょ》、「中途半端《ちゅうとはんぱ》に終《お》わってしまうかもしれない。それならやらない方《ほう》がいいのでは」という不安《ふあん》があった。

実際《じっさい》、企業《きぎょう》を回《まわ》っても門前払《もんぜんばら》いになることもあった。頼《たの》みは、親子《おやこ》2代《だい》で通《かよ》うような信頼関係《しんらいかんけい》を育《はぐく》んだ卒塾生《そつじゅくせい》たちとの強《つよ》い結《むす》び付《つ》きだった。

「書《か》き入《い》れ時《どき》の夏休《なつやす》みに2週間休《しゅうかんやす》み、夫婦《ふうふ》そろって海外旅行《かいがいりょこう》に出掛《でか》けていました。型破《かたやぶ》りな塾《じゅく》だったんですよ」。2人が笑《わら》って振《ふ》り返《かえ》る安念塾《あんねんじゅく》は、小器用《こぎよう》な受験《じゅけん》テクニックにとらわれず、英語《えいご》を学《まな》ぶ楽《たの》しさや意義《いぎ》を伝《つた》えた。目標《もくひょう》を高《たか》く掲《かか》げなさいという夫《ふう》婦《ふ》の考《かんが》え方《かた》や生《い》き方《かた》は若《わか》い感性《かんせい》を存分《ぞんぶん》に刺激《しげき》した。高校《こうこう》の3年間通《ねんかんかよ》った高岡市《たかおかし》の女性《じょせい》

（40）は「お子《こ》さんのいなかった先生《せんせい》は、生徒《せいと》たちを自分《じぶん》の子《こ》どものように育《そだ》て上《あ》げてくれました」と話《はな》す。
基金《ききん》を立《た》ち上《あ》げて数《すう》カ月後《げつご》。100万円《まんえん》を寄付《きふ》したいという卒塾生《そつじゅくせい》の保護者《ほごしゃ》が現《あらわ》れた。80歳《さい》を超《こ》えたその人《ひと》は、「社会貢献《しゃかいこうけん》をしたいと思《おも》っていたけれど、何《なに》ができるのか分《わ》からなかった。子《こ》と孫《まご》の恩師《おんし》の取《と》り組《く》みにぜひ協力《きょうりょく》したい」と話《はな》したという。

寄付金《きふきん》は少《すこ》しずつ増《ふ》えていった。全国紙《ぜんこくし》でも紹介《しょうかい》され、県外《けんがい》の人《ひと》たちからも申《もう》し出《で》があった。初年度《しょねんど》、4人《にん》の中学《ちゅうがく》3年生《ねんせい》を塾《じゅく》に通《かよ》わせることができた。

＊

昨年《さくねん》12月《がつ》、1通《つう》の手紙《てがみ》が安念《あんねん》さんの元《もと》に届《とど》いた。読《よ》み終《お》えると、胸《むね》に熱《あつ》いものがこみ上《あ》げてきた。共笑基金《ともえききん》の支援《しえん》で塾《じゅく》に通《かよ》うA子《こ》さん（15）からだった。

塾《じゅく》に通《かよ》うようになって苦手《にがて》の数学《すうがく》と理科《りか》で初《はじ》めていい点数《てんすう》が取《と》れて自分《じぶん》でも驚《おどろ》いたという喜《よろこ》びとともに、「安念《あんねん》さんは私《わたし》の恩人《おんじん》です。安念《あんねん》さんの思《おも》いを忘《わす》れずに勉強《べんきょう》を頑張《がんば》ります」とつづってあった。

両親《りょうしん》はA子《こ》さんが3歳《さい》のときに離婚《りこん》し、母親《ははおや》（42）と2人で県西部《けんせいぶ》の市営住宅《しえいじゅうたく》に暮《く》らしている。歩合給《ぶあいきゅう》で働《はたら》く母親《ははおや》の収入《しゅうにゅう》は安定《あんてい》せず、小《ちい》さなときから苦労《くろう》する姿《すがた》を見《み》てきたA子《こ》さんは、「塾《じゅく》にお金《かね》を出《だ》すのはもったいない」と思《おも》っていた。そんなとき共笑基金《ともえききん》のことを知《し》り、すぐに母親《ははおや》に連絡《れんらく》してもらった。

英語《えいご》が好《す》きで英検準《えいけんじゅん》2級《きゅう》を持《も》つA子《こ》さんの第一志望《だいいちしぼう》は、英語教育《えいごきょういく》に定評《ていひょう》がある県《けん》内《ない》の私立高校《しりつこうこう》。ただ、学費《がくひ》の高《たか》い私立《しりつ》に進学《しんがく》していいのか、一人《ひとり》で悩《なや》んでいた。背中《せなか》を押《お》してくれたのは、「お金《かね》のことは気《き》にしなくていいよ。夢《ゆめ》をあきらめないで」という母親《ははおや》の励《はげ》ましだった。

A子《こ》さんは志望校《しぼうこう》に推薦《すいせん》で合格《ごうかく》した。塾《じゅく》に通《かよ》い始《はじ》め、成績《せいせき》が上《あ》がったことも自信《じしん》につながった。

「大《おお》きくなったら親孝行《おやこうこう》をいっぱいするからね」と笑顔《えがお》を見《み》せた。

合格《ごうかく》したことはもちろん、母親《ははおや》がうれしかったのは、A子《こ》さんが安念《あんねん》さんはじめ多《おお》くの人《ひと》に応援《おうえん》してもらったことをしっかり受《う》け止《と》めていることだ。「人《ひと》として大切《たいせつ》なことを学《まな》んだのでは。これからの人生《じんせい》に大《おお》きな意味《いみ》があると思《おも》います」

学《まな》びたいけれど、経済的《けいざいてき》な事情《じじょう》などで学《まな》べない子《こ》どもたちに教育《きょういく》の機会《きかい》を増《ふ》やしたい――。A子《こ》さんの手紙《てがみ》は、安念《あんねん》さんに新《あら》たな勇気《ゆうき》を与《あた》えてくれた。

＊

安念《あんねん》さんが開《ひら》く無料学習教室《むりょうがくしゅうきょうしつ》は昨年《さくねん》から公的助成《こうてきじょせい》を受《う》け、そのお金《かね》を共笑基金《ともえききん》に回《まわ》せるようになった。公的助成《こうてきじょせい》による無料教室《むりょうきょうしつ》は県内約《けんないやく》10カ所《しょ》で開《ひら》かれ、約《やく》100人《にん》の子《こ》どもたちが登録《とうろく》している。

氷見市《ひみし》では市《し》の委託《いたく》を受《う》けた市社会福祉協議会《ししゃかいふくしきょうぎかい》が週《しゅう》1回《かい》、「DDスマイル塾《じゅく》」を公共施設《こうきょうしせつ》で開《ひら》く。当初《とうしょ》の一人親家庭《ひとりおやかてい》から生活困窮家庭《せいかつこんきゅうかてい》へと対象《たいしょう》を広《ひろ》げ、3人《にん》でスタートした塾《じゅく》にはいま、小学《しょうがく》5年生《ねんせい》から高校生《こうこうせい》まで12人《にん》が通《かよ》っている。

支援《しえん》スタッフは大学生含《だいがくせいふく》め5人《にん》。「遠慮《えんりょ》せず何《なん》でもスタッフに質問《しつもん》するべし」「休憩《きゅうけい》中《ちゅう》は最大限楽《さいだいげんたの》しむべし」など、子《こ》どもと大人《おとな》が一緒《いっしょ》に塾《じゅく》の「五《ご》カ条《じょう》の御誓文《ごせいもん》」を考《かんが》えるなどアットホームな雰囲気《ふんいき》だ。学校《がっこう》では心《こころ》を閉《と》ざしていた中学《ちゅうがく》3年生《ねんせい》の男子《だんし》(15)も、塾《じゅく》では次第《しだい》に打《う》ち解《と》け、笑顔《えがお》を見《み》せるようになった。いま、県立高校《けんりつこうこう》を目指《めざ》して勉《べん》強《きょう》に励《はげ》んでいる。

中学生対象《ちゅうがくせいたいしょう》の無料教室《むりょうきょうしつ》が多《おお》い中《なか》、小学生《しょうがくせい》からの早期支援《そうきしえん》と、生活支援《せいかつしえん》に力《ちから》を入《い》れている。同協議会《どうきょうぎかい》の澤田有紀《さわだゆうき》さん(34)は「学習《がくしゅう》を通《とお》した居場所《いばしょ》づくりによって、たくさんの大人《おとな》が君《きみ》たちを見守《みまも》っているんだと感《かん》じてもらえれば」と話《はな》す。子《こ》どもたちは地域《ちいき》のイベントにも積極的《せっきょくてき》に参加《さんか》するなど、学習以外《がくしゅういがい》の活動《かつどう》にも取《と》り組《く》んでいる。

学習支援員《がくしゅうしえんいん》の上野達也《うえのたつや》さん(46)は「この塾《じゅく》は、困難《こんなん》を抱《かか》える子《こ》どもたちにどう関《かか》わっていくのか、大人《おとな》たちが学《まな》ぶ場《ば》でもあります」と話《はな》す。

＊

県立高校《けんりつこうこう》の全日制一般入試《ぜんにちせいいっぱんにゅうし》が迫《せま》り、受験《じゅけん》シーズンも大詰《おおづ》め。どんな境遇《きょうぐう》の子《こ》であっても、夢《ゆめ》と希望《きぼう》を持《も》って「15歳《さい》の試練《しれん》」に立《た》ち向《む》かってほしい。安念《あんねん》さんら学習支《がくしゅうし》援《えん》に取《と》り組《く》む人《ひと》たちの思《おも》いだ。

共笑基金《ともえききん》ではネットを通《つう》じて寄付《きふ》を募《つの》るクラウドファンディングも始《はじ》めた。新年度《しんねんど》は10人《にん》を支援《しえん》しようと、安念《あんねん》さんは走《はし》り続《つづ》ける。

「サクラ咲《さ》ク」の吉報《きっぽう》は幾《いく》つ届《とど》くだろうか。たとえいまは咲《さ》かなくても、目標《もくひょう》に向《む》かって努力《どりょく》した経験《けいけん》は、これからの長《なが》い人生《じんせい》を切《き》り開《ひら》き、生《い》きる力《ちから》になる。安念《あんねん》さんはそう信《しん》じている。

（2017年3月1日掲載《けいさい》）

16

寄《よ》り添《そ》う居《い》場《ば》所《しょ》に

小《ちい》さな村《むら》の図《と》書《しょ》館《かん》

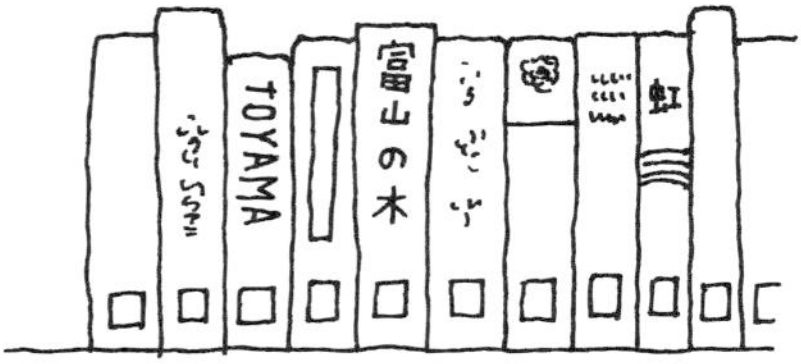

「図書館《としょかん》は、基本的人権《きほんてきじんけん》のひとつとして知《し》る自由《じゆう》をもつ国民《こくみん》に、資料《しりょう》と施設《しせつ》を提供《ていきょう》することをもっとも重要《じゅうよう》な任務《にんむ》とする」

日本図書館協会《にほんとしょかんきょうかい》が定《さだ》めた「図書館《としょかん》の自由《じゆう》に関《かん》する宣言《せんげん》」の一文《いちぶん》だ。図書館《としょかん》の憲法《けんぽう》とも呼《よ》ばれている。

堅《かた》く生真面目《きまじめ》な言葉《ことば》が象徴《しょうちょう》するように、図書館《としょかん》には老若男女《ろうにゃくなんにょ》問《と》わず、人々《ひとびと》の「知《し》りたい」というニーズを柔《やわ》らかく受《う》け止《と》めてくれる懐《ふところ》の深《ふか》さがある。公民館《こうみんかん》より、音《おん》楽《がく》ホールより、気軽《きがる》に入《はい》れる公共施設《こうきょうしせつ》だ。

パソコンの出荷台数《しゅっかだいすう》の推移《すいい》を調《しら》べたり、ファッション誌《し》で最新《さいしん》のコートを眺《なが》めたり、1年前《ねんまえ》の地元《じもと》の祭《まつ》りを特集《とくしゅう》した新聞記事《しんぶんきじ》を探《さが》したり。受験勉強《じゅけんべんきょう》も、ぼーっとすることもできる。ポケットやかばんにスマートフォンが入《はい》っている時代《じだい》になっても、多《おお》くの人々《ひとびと》が頼《たよ》りにする空間《くうかん》。今《いま》、公共図書館《こうきょうとしょかん》は全国《ぜんこく》に3000館以上《かんいじょう》ある。面積《めんせき》3・47平方《へいほう》キロメートルの日本一《にっぽんいち》小《ちい》さい村《むら》、舟橋村《ふなはしむら》でも欠《か》かせない存在《そんざい》になっている。愛《あい》されている。

＊

「腕《うで》はパンパン。湿布《しっぷ》だらけよ」

2週間《しゅうかん》の蔵書点検《ぞうしょてんけん》を終《お》えた舟橋村立図書館《ふなはしそんりつとしょかん》で、高野良子館長《たかのりょうこかんちょう》（63）が朗《ほが》らかに笑《わら》う。再開《さいかい》を待《ま》ちわびた人《ひと》が開館《かいかん》と同時《どうじ》に途切《とぎ》れることなく訪《おとず》れる。4人《にん》のスタッフが総出《そうで》で返却《へんきゃく》や貸《か》し出《だ》しの処理《しょり》に当《あ》たる。高野館長《たかのかんちょう》も「お待《ま》たせしてごめんね」とカウンターから声《こえ》を掛《か》ける。

静《しず》かなイメージの図書館《としょかん》には意外《いがい》と力仕事《ちからしごと》が多《おお》い。たくさんの本《ほん》を並《なら》べ直《なお》したり、棚《たな》の位置《いち》を入《い》れ替《か》えたりする蔵書点検《ぞうしょてんけん》の期間《きかん》は特《とく》に大変《たいへん》。だから湿布《しっぷ》も必要《ひつよう》になる。

「14歳《さい》の挑戦《ちょうせん》で訪《おとず》れた中学生《ちゅうがくせい》はみんなびっくりするんですよ。カウンターで『ピピピッ』てやっている姿《すがた》しか見《み》えてないんでしょうね」

＊

高野館長《たかのかんちょう》は宮崎県出身《みやざきけんしゅっしん》。大学卒業後《だいがくそつぎょうご》、神奈川《かながわ》の小学校《しょうがっこう》で教員《きょういん》をしていたが、舟橋《ふなはし》村出身《むらしゅっしん》の夫《おっと》のUターンに伴《ともな》い、移《うつ》り住《す》んだ。最初《さいしょ》は慣《な》れない雪《ゆき》や富山弁《とやまべん》に戸惑《とまど》った。でも、のどかな自然《しぜん》や素朴《そぼく》な住民《じゅうみん》の人柄《ひとがら》が気《き》に入《い》った。唯一《ゆいいつ》がっかりしたのが当時《とうじ》の図書館《としょかん》だった。

かつては役場《やくば》の2階《かい》の一室《いっしつ》にひっそりとあった。オープンするのは土日《どにち》だけ。古《ふる》い本《ほん》ばかりで、数《かず》も少《すく》ない。子《こ》どもに読《よ》ませたい本《ほん》はほとんどなかった。もっぱらお隣《となり》の上市町《かみいちまち》や富山市《とやまし》の図書館《としょかん》を利用《りよう》した。

今《いま》の村《むら》の人口《じんこう》は約《やく》3000人《にん》だが、戦後《せんご》から90年代初頭《ねんだいしょとう》までは1400人程度《にんていど》。少子化《しょうしか》の影響《えいきょう》も受《う》け、小学校《しょうがっこう》への新入児童数《しんにゅうじどうすう》も10人《にん》を切《き》ったことがあった。人口減少《じんこうげんしょう》に歯止《はど》めを掛《か》けようと、村《むら》が取《と》り組《く》んだのが、宅地開発《たくちかいはつ》と、老朽化《ろうきゅうか》していた地元《じもと》の駅舎《えきしゃ》の整備《せいび》だった。当初《とうしょ》はスーパーが併設《へいせつ》される案《あん》もあったが、もし経営《けいえい》がうまくいかなければ撤退《てったい》してしまう。誰《だれ》にでも利用《りよう》できる公共施設《こうきょうしせつ》として図書館《としょかん》が造《つく》られることになった。

図書館《としょかん》ボランティアでつくる「イソップの会《かい》」の竹島和子《たけしまかずこ》代表《だいひょう》（78）は振《ふ》り返《かえ》る。「小《ちい》さな村《むら》にちゃんとした図書館《としょかん》ができるのはすごいこと。みんなワクワクした」。ちなみにカウンターのテーブルを冷《つめ》たい合成樹脂《ごうせいじゅし》でなく、温《あたた》かみのある木《き》の素材《そざい》にしたのは竹島《たけしま》さんの意見《いけん》が生《い》かされている。

職員《しょくいん》も募集《ぼしゅう》された。司書教諭《ししょきょうゆ》の資格《しかく》を持《も》っていた高野館長《たかのかんちょう》も応募《おうぼ》し、採用《さいよう》された。待望《たいぼう》の図書館《としょかん》は1998年《ねん》にオープン。目指《めざ》したのは、村《むら》の人《ひと》たちの生活《せいかつ》に密着《みっちゃく》し、ゆったりと過《す》ごせる滞在型《たいざいがた》の施設《しせつ》だった。

＊

黄色《きいろ》と緑色《みどりいろ》のかぼちゃ電車《でんしゃ》が真横《まよこ》を走《はし》る図書館《としょかん》は、優《やさ》しい雰囲気《ふんいき》に満《み》ちている。館《かん》内《ない》は靴《くつ》を脱《ぬ》いで上《あ》がるから、赤《あか》ちゃんがはいはいしても大丈夫《だいじょうぶ》。約《やく》8万冊《まんさつ》の蔵書《ぞうしょ》の内《うち》、4分《ぶん》の1が児童書《じどうしょ》。漫画《まんが》も充実《じゅうじつ》している。美術《びじゅつ》や手芸《しゅげい》を愛好《あいこう》する住民《じゅうみん》の発表《はっぴょう》の場《ば》としても活用《かつよう》されている。

館内《かんない》の花《か》びんの花《はな》は利用者《りようしゃ》が持《も》ってきてくれる。野菜《やさい》の収穫時期《しゅうかくじき》になると、自家農園《じかのうえん》で作《つく》りすぎたキャベツやニンジンをカウンターに並《なら》べて配《くば》る人《ひと》もいる。快適《かいてき》な空間《くうかん》に引《ひ》かれてか、国《くに》の特別天然記念物《とくべつてんねんきねんぶつ》のニホンカモシカが自動《じどう》ドアから入《はい》ってきたこともあり、ちょっとしたニュースになった。

居心地《いごこち》の良《よ》さの秘密《ひみつ》の一《ひと》つには、繊細《せんさい》な心遣《こころづか》いがある。初《はじ》めての親子連《おやこづ》れが来《き》たら、それとなく声《こえ》を掛《か》けて名前《なまえ》を聞《き》き出《だ》す。

高野館長《たかのかんちょう》が机《つくえ》に忍《しの》ばせた黒《くろ》い手帳《てちょう》を見《み》せてもらうと「ぽっちゃりパパの小《ちい》さな○○くん」「地球儀《ちきゅうぎ》が大好《だいす》きな△△ちゃん」と何《なん》となくの特徴《とくちょう》が書《か》いてある。ほかのスタッフも訪《おとず》れた子《こ》どもたちの名前《なまえ》を覚《おぼ》える。そして声《こえ》を掛《か》ける。「だってその方《ほう》がうれしいでしょう。役場《やくば》の職員《しょくいん》より私《わたし》たちの方《ほう》が村《むら》の人《ひと》たちの顔《かお》と名前《なまえ》を知《し》っているかもしれませんね」。それぞれの職員《しょくいん》にファンがいるという。

図書館《としょかん》の取《と》り組《く》みは、小《ちい》さな村《むら》を少《すこ》し変《か》えた。図書館《としょかん》のスタッフのように住民《じゅうみん》と交《こう》流《りゅう》を深《ふか》めようと、2010年《ねん》から毎月《まいつき》1回《かい》役場《やくば》の職員《しょくいん》が本《ほん》の読《よ》み聞《き》かせを行《おこな》っている。参加《さんか》した子《こ》どもが道端《みちばた》で職員《しょくいん》を見掛《みか》けると、手《て》を振《ふ》ることも。職員《しょくいん》と住民《じゅうみん》の距離《きょり》が縮《ちぢ》まっている。発案者《はつあんしゃ》の金森勝雄《かなもりかつお》村長《そんちょう》（73）が初回《しょかい》の読《よ》み手《て》を務《つと》めた。「顔《かお》が見《み》えるのがこの村《むら》らしさ。図書館《としょかん》に教《おし》えてもらった」

*

今《いま》、日本《にっぽん》の公共図書館《こうきょうとしょかん》をめぐる状況《じょうきょう》は決《けっ》して明《あか》るいものではない。館数自体《かんすうじたい》は年々《ねんねん》増《ふ》えているが、図書《としょ》を買《か》う費用《ひよう》は減少傾向《げんしょうけいこう》にある。当然《とうぜん》、1館《かん》あたりで購入《こうにゅう》される本《ほん》の数《かず》は減《へ》る。コストカットを図《はか》ろうと、入退室《にゅうたいしつ》の管理《かんり》から貸《か》し出《だ》し、返却《へんきゃく》に至《いた》る全《すべ》ての作業《さぎょう》を完全《かんぜん》に機械化《きかいか》した「無人貸出《むじんかしだし》サービス」を行《おこな》う図書館《としょかん》まで登場《とうじょう》した。

県内《けんない》でも、各図書館《かくとしょかん》で司書《ししょ》の非正規化《ひせいきか》が進《すす》む。射水市《いみずし》は五《いつ》つあった図書館《としょかん》を統廃合《とうはいごう》しようと、15年《ねん》に大島図書館《おおしまとしょかん》を閉館《へいかん》。ホームページから利用者《りようしゃ》に読《よ》み終《お》えた新刊《しんかん》小《しょう》説《せつ》の寄贈《きぞう》を呼《よ》び掛《か》ける施設《しせつ》もある。

舟橋村《ふなはしむら》だって台所事情《だいどころじじょう》は苦《くる》しい。本《ほん》を購入《こうにゅう》する費用《ひよう》を、年間《ねんかん》400万円《まんえん》から300万円《まんえん》に削減《さくげん》しようとしたことがある。しかし、議会《ぎかい》から「他《ほか》の予算《よさん》を削《けず》ってでも」と反対《はんたい》された。住民《じゅうみん》1人当《あ》たりに換算《かんさん》すると、約《やく》1300円《えん》になる。県内《けんない》の図書《としょ》館《かん》では最《もっと》も高《たか》い金額《きんがく》だ。図書館《としょかん》の存在価値《そんざいかち》が村《むら》の中《なか》で理解《りかい》されている。

＊

高野館長《たかのかんちょう》は時々思《ときどきおも》い出《だ》す。3年前《ねんまえ》のことだ。図書館《としょかん》によく来《く》る小学《しょうがく》3年生《ねんせい》の女《おんな》の子《こ》を玄関《げんかん》で見送《みおく》ろうとした。「気《き》をつけて帰《かえ》ってね」。女《おんな》の子《こ》は振《ふ》り返《かえ》り「私《わたし》、図書館《としょかん》があって本当《ほんとう》に良《よ》かった」と唐突《とうとつ》につぶやいた。理由《りゆう》は聞《き》かなかった。ただ小《ちい》さな背中《せなか》を見送《みおく》った。

単《たん》に好《す》きな本《ほん》と出合《であ》っただけかもしれない。学校《がっこう》で何《なに》か嫌《いや》なことがあったけれど、図書館《としょかん》のゆったりとした時間《じかん》の中《なか》で元気《げんき》になったのかもしれない。いろいろ考《かんが》えたけれど、なぜ女《おんな》の子《こ》が突然《とつぜん》そんなことを言《い》ったのかは結論《けつろん》づけられなかった。

家庭《かてい》でもない。学校《がっこう》や職場《しょくば》でもない。いつ来《き》てもいいし、来《こ》なくてもいい。図書館《としょかん》が女《おんな》の子《こ》に寄《よ》り添《そ》う居場所《いばしょ》になっている。そう思《おも》うと胸《むね》が熱《あつ》くなった。女《おんな》の子《こ》は今《いま》も通《かよ》ってくれている。でも、あのときの理由《りゆう》は分《わ》からない。聞《き》くつもりもない。さりげない信頼関係《しんらいかんけい》の上《うえ》での言葉《ことば》だと思《おも》うから。

舟橋村立図書館《ふなはしそんりつとしょかん》が開館《かいかん》したのは、きょう4月《がつ》1日《にち》。図書館《としょかん》ボランティアによる恒例《こうれい》の人形劇《にんぎょうげき》が披露《ひろう》される。19回目《かいめ》のバースデーを祝《いわ》うお祭《まつ》りだ。「変《か》わらず一人一人《ひとりひとり》の居場所《いばしょ》にしたい」。〝二十歳《はたち》〟に向《む》け、高野館長《たかのかんちょう》の言葉《ことば》に優《やさ》しい決意《けつい》がにじむ。

(2017年4月1日掲載《けいさい》)

きこりのブルース

労働《ろうどう》と命《いのち》の不思議《ふしぎ》を歌《うた》う

17

早朝《そうちょう》の肌寒《はだざむ》い県西部《けんせいぶ》の里山《さとやま》。生《お》い茂《しげ》ったやぶをかき分《わ》け、地下足袋《じかたび》姿《すがた》の中年男性《ちゅうねんだんせい》が斜面《しゃめん》を足早《あしばや》に登《のぼ》っていく。男性《だんせい》はチェーンソーを手《て》にスギの幹《みき》を切《き》り始《はじ》める。静《しず》けさを切《き》り裂《さ》くようなモーターの音《おと》。幹《みき》に深《ふか》く切《き》れ目《め》を入《い》れたら、重機《じゅうき》でなぎ倒《たお》す。木々《きぎ》の間《あいだ》から差《さ》し込《こ》む光《ひかり》が、舞《ま》い上《あ》がる木《き》くずを照《て》らす。切《き》る。倒《たお》す。運《はこ》ぶ。その作業《さぎょう》を日暮《ひぐ》れまで繰《く》り返《かえ》す。男性《だんせい》は現在《げんざい》52歳《さい》。高岡《たかおか》に暮《く》らしながら、林業《りんぎょう》をなりわいとしている。「きこり」を自称《じしょう》している。

男性《だんせい》はミュージシャンの顔《かお》も持《も》つ。黒人音楽《こくじんおんがく》のブルースを歌《うた》う。「W.C.《ダブリューシー》カラス」を名乗《なの》り、アルバム3枚《まい》を発表《はっぴょう》した。1カ月《げつ》のうち半分《はんぶん》は県内外《けんないがい》で演奏《えんそう》している。うっ屈《くつ》とした詩情《しじょう》と、朴訥《ぼくとつ》とした歌声《うたごえ》で専門誌《せんもんし》やミュージシャンからも注目《ちゅうもく》されている。

肌《はだ》が黒《くろ》いことから、10代《だい》の頃《ころ》の音楽仲間《おんがくなかま》が「カラス」と名付《なづ》けた。「W.C.」は、ブルースハーモニカの名《めい》プレーヤー、ワイルド・チャイルド・バトラーの名前《なまえ》にあやかった。トイレの略語《りゃくご》でもあることから、歌《うた》は日常生活《にちじょうせいかつ》の中《なか》にある当《あ》たり前《まえ》の存在《そんざい》という意味《いみ》も重《かさ》ねた。

＊

4月上旬《がつじょうじゅん》の夜《よる》。富山市内《とやましない》のカフェで、カラスさんはライブを開《ひら》いた。20人《にん》ほどのファンがじっと耳《みみ》を傾《かたむ》ける。

「最初《さいしょ》は『変《へん》な曲《きょく》』と言《い》われたんですけどね。今《いま》じゃすっかり代表曲《だいひょうきょく》です」

『軍手《ぐんて》の煮《に》びたし』という個性的《こせいてき》なタイトルの曲《きょく》だった。

〽軍手《ぐんて》の煮《に》びたし／軍手《ぐんて》の煮《に》びたし／汗《あせ》と油《あぶら》で煮含《にふく》められた／油《あぶら》と泥《どろ》で煮含《にふく》められた

乾《かわ》いたギターが刻《きざ》む軽快《けいかい》なリズムに載《の》せ、歌《うた》われる歌詞《かし》は暗《くら》い。きこりの作業現《さぎょうげん》場《ば》で落《お》ちていた軍手《ぐんて》を見《み》て思《おも》い浮《う》かんだという。労働者《ろうどうしゃ》の人生《じんせい》の苦《にが》みを感《かん》じさせる。

「労働《ろうどう》ってシステムに縛《しば》られている。逃《に》げ出《だ》したい人《ひと》もいる。きこりも当然《とうぜん》システムの中《なか》に組《く》み込《こ》まれている。自然《しぜん》の中《なか》の仕事《しごと》だから、あまり気《き》にしないでいられるけれど」と語《かた》る。この曲《きょく》は、2013年《ねん》に出《だ》した初《はじ》めてのアルバムに入《い》れた。当時《とうじ》49歳《さい》。遅咲《おそざ》きのCDデビューだった。

こんな曲《きょく》も演奏《えんそう》した。

〽誰《だれ》かが死《し》んだら靴《くつ》をみるといい／スーパーマーケットへショウガを買《か》いに行《い》った靴《くつ》／ロックンロールショウを観《み》に行《い》った靴《くつ》

『誰《だれ》かが死《し》んだら靴《くつ》をみるといい』は、死《し》を悼《いた》む思《おも》いを書《か》いた、米国《べいこく》の詩人《しじん》チャールズ・ブコウスキーの作品《さくひん》に触《ふ》れて作《つく》った曲《きょく》だ。

カラスさんの小矢部市《おやべし》の生家《せいか》近《ちか》くに寺《てら》があり、しばしば葬式《そうしき》が営《いとな》まれていた。小《ちい》さな頃《ころ》からその様子《ようす》を眺《なが》め、死《し》ぬことを恐《おそ》れていた。命《いのち》の不条理《ふじょうり》を日々《ひび》考《かんが》えていた。曲《きょく》に込《こ》めた思《おも》いを尋《たず》ねれば「サウンドにしか興味《きょうみ》はないです。どう受《う》け取《と》ってもらっても構《かま》いません」と言《い》う。しかし、労働観《ろうどうかん》にせよ、死生観《しせいかん》にせよ、歌詞《かし》にはこれまでの人生《じんせい》が見《み》え隠《かく》れする。

＊

中学生《ちゅうがくせい》でギターを始《はじ》め、高校《こうこう》でバンドを組《く》んだ。学園祭《がくえんさい》でRCサクセションの曲《きょく》を演奏《えんそう》したら、たくさんの生徒《せいと》が熱狂《ねっきょう》した。

ブルースに出合《であ》ったのは、英国《えいこく》の大御所《おおごしょ》ロックバンド、ザ・ローリング・ストーンズのおかげ。ファンとしてロックの源流《げんりゅう》をたどっていたら行《い》き着《つ》いた。きれいに整《ととの》えただけじゃない不安定《ふあんてい》な音程《おんてい》。個人《こじん》の生活《せいかつ》や人生《じんせい》の試練《しれん》を歌《うた》う言葉《ことば》。時代《じだい》に逆《さか》らっているような音楽《おんがく》に心《こころ》が震《ふる》えた。黒人音楽《こくじんおんがく》のレコード専門店《せんもんてん》に通《かよ》うようになった。

いつしかミュージシャンになりたいと思《おも》った。しかし、高校《こうこう》を卒業《そつぎょう》したら富山《とやま》を離《はな》れて東京《とうきょう》で音楽活動《おんがくかつどう》するという、お決《き》まりのコースをたどることはできなかった。パニック障害《しょうがい》になったためだ。中学時代《ちゅうがくじだい》、野球部員《やきゅうぶいん》向《む》けに開《ひら》かれた座学《ざがく》の講習会《こうしゅうかい》でのことだった。突然胸《とつぜんむね》の動悸《どうき》が激《はげ》しくなった。息《いき》もできない。1分間《ぷんかん》の脈拍数《みゃくはくすう》が200回以上《かいいじょう》の頻脈《ひんみゃく》になった。

車《くるま》で遠出《とおで》することもできなくなった。長時間電車《ちょうじかんでんしゃ》や飛行機《ひこうき》に乗《の》ることもできなかった。逃《に》げ場《ば》の少《すく》ない空間《くうかん》で症状《しょうじょう》が現《あらわ》れた。都会《とかい》の人混《ひとご》みの中《なか》でも息苦《いきぐる》しくなった。

「薬《くすり》を飲《の》んだら体《からだ》がだるくて仕方《しかた》ないし。もう自分《じぶん》の人生《じんせい》だめなのかと思《おも》いましたよ。でも、音楽《おんがく》に触《ふ》れていると楽《らく》になれた」

地元《じもと》に残《のこ》る決断《けつだん》をした。高校卒業後《こうこうそつぎょうご》に最初《さいしょ》に勤《つと》めたのは美容院《びよういん》だった。パニック障害《しょうがい》で、椅子《いす》にじっと座《すわ》ることもできなかった。美容師《びようし》になれば、自分《じぶん》で髪《かみ》を切《き》れるようになると考《かんが》えた。

ところが、パーマ液《えき》や水仕事《みずしごと》で手《て》がすぐに荒《あ》れてしまう。指《ゆび》が痛《いた》くなれば、ギターも弾《ひ》けない。シャンプーやロッドをまく練習《れんしゅう》をしていたら音楽《おんがく》をやる時間《じかん》もない。店《みせ》の女性《じょせい》スタッフとの恋《こい》に破《やぶ》れたことを機《き》に、1年《ねん》もたたずにやめた。

自動車部品工場《じどうしゃぶひんこうじょう》や倉庫会社《そうこがいしゃ》、鉄工所《てっこうじょ》を転々《てんてん》としながら、県内《けんない》のバーなどを拠点《きょてん》に音《おん》楽活動《がくかつどう》を続《つづ》けた。「ここにいるんだっていう手応《てごた》えが欲《ほ》しかった」

＊

38歳《さい》。役職《やくしょく》が付《つ》いて窮屈《きゅうくつ》に感《かん》じた自動車部品工場《じどうしゃぶひんこうじょう》を辞《や》めた。ハローワークできこりの仕事《しごと》を見《み》つけた。緑《みどり》と新鮮《しんせん》な空気《くうき》の中《なか》でほとんど一人《ひとり》で過《す》ごす。体《からだ》を使《つか》う仕事《しごと》も合《あ》っていた。

木《き》を切《き》ることは植物《しょくぶつ》の命《いのち》を奪《うば》うこと。作業中《さぎょうちゅう》に余計《よけい》なことを考《かんが》えていたら、自身《じしん》が木《き》の下《した》になり命《いのち》を失《うしな》う。人生《じんせい》の哀歓《あいかん》を歌《うた》うブルースともどこか響《ひび》き合《あ》う。

もう15年《ねん》。音楽以外《おんがくいがい》では、今《いま》までで一番続《いちばんつづ》いている。山仕事《やましごと》をするうちにパニック障害《しょうがい》が治《なお》った。「山《やま》で汗《あせ》を流《なが》しているのが良《よ》かったかな。私《わたし》が鈍感《どんかん》になったのかな」

息切《いきぎ》れや動悸《どうき》が襲《おそ》ってこない。車《くるま》で遠出《とおで》もできる。電車《でんしゃ》にも乗《の》れる。富山《とやま》を離《はな》れて全国《ぜんこく》で演奏《えんそう》するようになった。

30年来《ねんらい》の音楽仲間《おんがくなかま》で「大谷氏《おおたにし》」の名前《なまえ》で活動《かつどう》する大谷博之《おおたにひろゆき》さん（55）は「声《こえ》や音《おと》に人生《じんせい》の深《ふか》みが出《で》ている。いきなり東京《とうきょう》に行《い》っていたら、こんな音楽《おんがく》じゃなかったかもしれない」と評《ひょう》する。

きこりになってから人生《じんせい》が少《すこ》し上向《うわむ》きだした。音楽仲間《おんがくなかま》の協力《きょうりょく》を得《え》て、自主制作《じしゅせいさく》で『軍手《ぐんて》の煮《に》びたし』を収《おさ》めたCDを出《だ》すことができた。当初《とうしょ》は、公演会場《こうえんかいじょう》で手売《てう》りするつもりだった。

交流《こうりゅう》のあった都内《とない》の音楽《おんがく》バーの店主《てんしゅ》、上田有《うえだゆう》さん（50）にもCDが届《とど》き、耳《みみ》を傾《かたむ》けた。「汗臭《あせくさ》くて泥臭《どろくさ》くて。これがたくさんの人《ひと》の手《て》に渡《わた》らないのはもったいない」と考《かんが》えた。頼《たの》まれてもいないのに、縁《えん》のあったブルースに強《つよ》いレコード会社《がいしゃ》に紹介《しょうかい》し、全国《ぜんこく》への流通《りゅうつう》につなげた。専門誌《せんもんし》の編集長《へんしゅうちょう》にも推薦《すいせん》し、取《と》り上《あ》げてもらった。「全部《ぜんぶ》彼《かれ》の実力《じつりょく》がそうさせたんです」と言《い》う。

「W. C. カラス」の名前《なまえ》は富山《とやま》から日本全国《にっぽんぜんこく》の音楽好《おんがくず》きに伝《つた》わり始《はじ》めた。今《いま》では離島《りとう》にまでライブに呼《よ》ばれる。飛行機《ひこうき》にも乗《の》れるようになったから問題《もんだい》はない。有名《ゆうめい》になりたいわけではないが、会《あ》ったこともない人《ひと》が自分《じぶん》の歌《うた》に耳《みみ》を傾《かたむ》けてくれていることはうれしい。「人生《じんせい》に救《すく》いはないと思《おも》っていたけれど、不思議《ふしぎ》なものですね」

一度《いちど》も行《い》ったことがない海外《かいがい》に行《い》く自信《じしん》が芽生《めば》えた。スペインでライブを開《ひら》くのが目標《もくひょう》。日本《にっぽん》で演奏《えんそう》を聞《き》いたスペイン人数人《じんすうにん》が「あなたの歌《うた》は世界《せかい》で通用《つうよう》する」と言《い》ってくれたからだ。スペイン語《ご》どころか英語《えいご》も話《はな》せない。海外旅行《かいがいりょこう》の初心者《しょしんしゃ》がヨーロッパで演奏《えんそう》するなんて無理《むり》だと忠告《ちゅうこく》してくれる人《ひと》もいるが、「私《わたし》は言葉《ことば》も分《わ》からないのにブルースに夢中《むちゅう》になった。だから不可能《ふかのう》じゃないですよ」と笑《わら》う。

きこりの仕事《しごと》はまだ続《つづ》ける。音楽《おんがく》からは離《はな》れられない。チェーンソーとギターを持《も》ち替《か》えながら生《い》きていく。

（2017年5月1日掲載《けいさい》）

18

誰《だれ》もが親《した》しみやすく

「かわいい美《び》術《じゅつ》館《かん》」で恩《おん》返《がえ》し

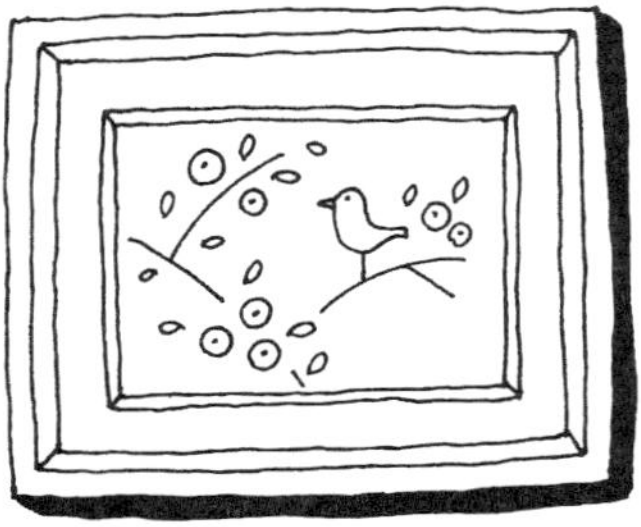

花鳥風月《かちょうふうげつ》や神話《しんわ》、人々《ひとびと》の暮《く》らし——。白《しろ》い壁《かべ》にさまざまな題材《だいざい》の掛《か》け軸《じく》や日本画《にほんが》がぎっしりと並《なら》ぶ。薄暗《うすぐら》い照明《しょうめい》の中《なか》で繊細《せんさい》な墨跡《ぼくせき》や鮮《あざ》やかな色彩《しきさい》が画面《がめん》に浮《う》かぶ。

富山市《とやまし》水橋伊勢屋《みずはしいせや》の水橋駅《みずはしえき》から徒歩《とほ》1、2分《ふん》の場所《ばしょ》に私設美術館《しせつびじゅつかん》「世界一《せかいいち》かわいい美術館《びじゅつかん》」はある。2015年《ねん》にオープンした新《あたら》しい美術館《びじゅつかん》だ。建物《たてもの》は砺波市《となみし》にあった古民家《こみんか》の建材《けんざい》を再利用《さいりよう》しており、清潔感《せいけつかん》と懐《なつ》かしさが溶《と》け合《あ》う。

誰《だれ》もが知《し》る大家《たいか》の名前《なまえ》が付《つ》いた作品《さくひん》も収蔵《しゅうぞう》するけれど、中《なか》には真筆《しんぴつ》ではないものもあるかもしれないと公言《こうげん》している。玄関《げんかん》には「(作品《さくひん》の真贋《しんがん》は)お宝拝見鑑定団《たからはいけんかんていだん》に任《まか》せて私《わたし》たちは作家《さっか》の表現《ひょうげん》の意図《いと》するところ、描写《びょうしゃ》の技術《ぎじゅつ》や情趣《じょうしゅ》を主眼《しゅがん》にして鑑賞《かんしょう》したいものだと思《おも》います」という手書《てが》きのメッセージを掲示《けいじ》する。

美術館《びじゅつかん》を運営《うんえい》するNPOの初代理事長《しょだいりじちょう》を務《つと》めた故浅井省己《こあさいせいき》さんの言葉《ことば》だ。館内《かんない》を彩《いろど》る作品《さくひん》はその半生《はんせい》をかけて収集《しゅうしゅう》してきたものが軸《じく》となっている。

来場者《らいじょうしゃ》の中《なか》には「これ、本当《ほんとう》にあの作家《さっか》の？」と尋《たず》ねる人《ひと》もいるが、妻《つま》の小夜子《さよこ》さん（86）＝富山市水橋大正町《とやましみずはしたいしょうまち》＝は気《き》にしない。「学芸員《がくげいいん》がいるプロの美術館《びじゅつかん》じゃない。でも一番大切《いちばんたいせつ》なのは誰《だれ》が描《か》いたかじゃなくて、何《なに》が描《か》いてあるかですから」。入場無料《にゅうじょうむりょう》。休憩《きゅうけい》コーナーのコーヒーも無料《むりょう》。屋根《やね》には「憩《いこ》いの家《いえ》」という看板《かんばん》を掲《かか》げる。来場者《らいじょうしゃ》が心《こころ》を癒《い》やしてくれたらそれでいい。

延《の》べ床面積《ゆかめんせき》は220平方《へいほう》メートルと決《けっ》して大《おお》きくはない。この小《こ》ぶりなアートスポットを目当《めあ》てに、県内各地《けんないかくち》から客《きゃく》がやって来《く》る。中《なか》には九州《きゅうしゅう》や東北《とうほく》の人《ひと》もいる。派《は》手《で》な観光施設《かんこうしせつ》や大《おお》きなショッピングセンターなどはない水橋《みずはし》の街《まち》を活気《かっき》づかせている。

鑑賞《かんしょう》を終《お》えた人《ひと》たちが帰《かえ》ろうと、玄関《げんかん》に向《む》かうと、ボランティアスタッフの中谷孝《なかたにたか》明《あき》さん（68）＝富山市有沢新町《とやましありさわしんまち》＝が「ちょっと一服《いっぷく》していかれ」と声《こえ》を掛《か》ける。慣《な》れた手付《てつ》きでコーヒーを紙《かみ》コップに注《そそ》いで振《ふ》る舞《ま》う。「普通《ふつう》の美術館《びじゅつかん》だったら、冗談《じょうだん》を言《い》い過《す》ぎたら怒《おこ》られるでしょう。でも、ここは無料《むりょう》だから気楽《きらく》にやれる」と笑《わら》う。

近所《きんじょ》の集《つど》いのように親《した》しみやすい空間《くうかん》を造《つく》った浅井《あさい》さんはことし（2017年《ねん》）1月《がつ》に86歳《さい》で亡《な》くなった。6月《がつ》25日《にち》まで開《ひら》かれている現在《げんざい》の企画展《きかくてん》は、浅井《あさい》さんを追悼《ついとう》する内容《ないよう》。生前特《せいぜんとく》に気《き》に入《い》っていたものを並《なら》べている。企画展《きかくてん》のタイトルは「出会《であ》いと別《わか》れ」。理事長職《りじちょうしょく》を引《ひ》き継《つ》いだ小夜子《さよこ》さんは「変《へん》な名前《なまえ》よね。でも、この言葉《ことば》しか出《で》てこなかったの」とつぶやく。

＊

浅井《あさい》さんは水橋《みずはし》で売薬業《ばいやくぎょう》を営《いとな》む家《いえ》の長男《ちょうなん》として生《う》まれ、県内《けんない》に工場《こうじょう》がある製薬会社《せいやくがいしゃ》に薬剤師《やくざいし》として勤《つと》めた。小夜子《さよこ》さんとは富山薬学専門学校《とやまやくがくせんもんがっこう》で出会《であ》った。「やんちゃで生意気《なまいき》な人《ひと》。でも頼《たよ》りがいがあった」と小夜子《さよこ》さん。

美術《びじゅつ》について専門的《せんもんてき》に学《まな》んだわけではない。言葉通《ことばどお》りの愛好家《あいこうか》だった。生家《せいか》の蔵《くら》にしまってあった掛《か》け軸《じく》を眺《なが》めているうちに、絵画収集《かいがしゅうしゅう》に関心《かんしん》をもった。

美術品《びじゅつひん》を本格的《ほんかくてき》に買《か》い始《はじ》めたのは、40代《だい》の頃《ころ》。最初《さいしょ》に手《て》にしたのは名画《めいが》を複製《ふくせい》したリトグラフだった。そのうち複製《ふくせい》には飽《あ》き足《た》らず、作家《さっか》の一点《いってん》ものを求《もと》めていく先々《さきざき》で画廊《がろう》に立《た》ち寄《よ》った。「知《し》り合《あ》いのお葬式《そうしき》で青森《あおもり》から帰《かえ》ってきたと思《おも》ったら、大《おお》きな包《つつ》みを抱《かか》えている。何《なに》かと思《おも》ったら絵《え》が入《はい》っていた」と小夜子《さよこ》さんは笑《わら》う。

夫婦一緒《ふうふいっしょ》に絵《え》を探《さが》すこともあった。滑川市出身《なめりかわししゅっしん》の下田義寛《しもだよしひろ》さんに師事《しじ》し、院展《いんてん》で活躍《かつやく》する後藤順一《ごとうじゅんいち》さんの作品《さくひん》がその一《ひと》つ。開催中《かいさいちゅう》の企画展《きかくてん》でも展示《てんじ》している。真《ま》っ赤《か》なツバキの花《はな》の上《うえ》に真《ま》っ白《しろ》な雪《ゆき》が降《ふ》り積《つ》もる。植物《しょくぶつ》に宿《やど》る生命《せいめい》の熱《ねつ》と冬《ふゆ》の澄《す》んだ空《くう》気《き》を感《かん》じさせる。デパートの催事場《さいじじょう》で開《ひら》かれた絵画展《かいがてん》で買《か》い求《もと》めたものだ。小夜子《さよこ》さんは「2人で絵《え》の前《まえ》で『ああ、これいいね』って言《い》い合《あ》ったんです」と語《かた》る。

松林《まつばやし》のシルエットが浮《う》かぶ夕暮《ゆうぐ》れの風景画《ふうけいが》に視線《しせん》を向《む》けると「これはね、主人《しゅじん》がこういう色《いろ》で描《か》いてほしいって作家《さっか》の方《かた》に頼《たの》んだんです」と続《つづ》ける。それぞれの絵《え》に小《ちい》さな思《おも》い出《で》が宿《やど》っている。

＊

2005年《ねん》の浅井《あさい》さんの手帳《てちょう》に「美術館《びじゅつかん》を造《つく》りたい。NPOで運営《うんえい》」という走《はし》り書《が》きが残《のこ》っている。勤《つと》めていた会社《かいしゃ》で社長《しゃちょう》から会長職《かいちょうしょく》に就《つ》いた時期《じき》と重《かさ》なる。仕事《しごと》が一段落《ひとだんらく》したタイミングで故郷《こきょう》に恩返《おんがえ》ししたいという気持《きも》ちが強《つよ》くなっていったらしい。

学生時代《がくせいじだい》の冬《ふゆ》。豪雪《ごうせつ》の中《なか》、旧制中学《きゅうせいちゅうがく》へ行《い》くために駅《えき》へ向《む》かえば、近所《きんじょ》の人《ひと》たちが協力《きょうりょく》して雪《ゆき》をどかしてくれていた。汽車《きしゃ》が到着《とうちゃく》するまでの間《あいだ》、駅前《えきまえ》に住《す》む人《ひと》が家《いえ》のこたつで待《ま》たせてくれた。薬《くすり》の仕事《しごと》に関《かか》わる道《みち》を選《えら》んだのも元《もと》をたどれば、水橋《みずはし》という売薬業《ばいやくぎょう》が盛《さか》んな地域《ちいき》に生《う》まれ育《そだ》ったからだ。小夜子《さよこ》さんは「『今《いま》の自分《じぶん》があるのは水橋《みずはし》という故郷《こきょう》があってこそ』という思《おも》いだったんでしょう」と推《お》し量《はか》る。

美術館《びじゅつかん》なら誰《だれ》でも立《た》ち寄《よ》れる。40年近《ねんちか》くかけて買《か》い集《あつ》めた絵画《かいが》コレクションは、しまっておいても朽《く》ち果《は》てるだけ。展示《てんじ》に活用《かつよう》すれば、作品《さくひん》も生《い》きる。来《く》る人《ひと》が美《び》術品《じゅつひん》に興味《きょうみ》がなくても構《かま》わない。「憩《いこ》いの家《いえ》」として立《た》ち寄《よ》って、おしゃべりするだけでもいい。それだけで地域《ちいき》が元気《げんき》になると考《かんが》えた。

大《おお》きな施設《しせつ》は造《つく》れない。当初《とうしょ》は「世界一小《せかいいちちい》さな美術館《びじゅつかん》」と名付《なづ》けるつもりだった。もっと小《ちい》さな施設《しせつ》があるかもしれないという指摘《してき》を受《う》け「かわいい」に変《か》えた。

当初《とうしょ》は老朽化《ろうきゅうか》が進《すす》んでいた富山市《とやまし》の水橋商工文化会館《みずはししょうこうぶんかかいかん》の代替施設《だいたいしせつ》に間借《まが》りしようとした。しかし、市《し》などに何度《なんど》か掛《か》け合《あ》ったものの、代替施設《だいたいしせつ》の整備《せいび》そのものが進《すす》まなかったという。水橋駅《みずはしえき》のすぐ近《ちか》くに土地《とち》を借《か》り、単独《たんどく》の建物《たてもの》を建設《けんせつ》することを決意《けつい》した。

運営主体《うんえいしゅたい》となるNPOを立《た》ち上《あ》げ、総工費《そうこうひ》は自身《じしん》を中心《ちゅうしん》に住民《じゅうみん》らの寄付《きふ》でまかなった。「不自由《ふじゆう》になるから」と自治体《じちたい》の補助金《ほじょきん》に頼《たよ》らず、電話代《でんわだい》や光熱費《こうねつひ》はNPOの会員約《かいいんやく》70人《にん》の年会費《ねんかいひ》や来場者《らいじょうしゃ》の募金《ぼきん》を充《あ》てることにした。美術館建設《びじゅつかんけんせつ》に賛同《さんどう》し、NPOの理事《りじ》を務《つと》める濱田康治《はまだこうじ》さん（78）＝富山市水橋大正町《とやましみずはしたいしょうまち》＝は「私《わたし》は芸術《げいじゅつ》のことは分《わ》からない。でも、今《いま》の水橋《みずはし》がにぎやかになるのは祭《まつ》りのときくらい。よく思《おも》い切《き》ってくれたと思《おも》う」と感謝《かんしゃ》する。

＊

完成《かんせい》した美術館《びじゅつかん》で、浅井《あさい》さんは毎日《まいにち》のように解説《かいせつ》した。もともとは薬剤師《やくざいし》で研究《けんきゅう》熱心《ねっしん》な性格《せいかく》。こつこつ作品《さくひん》を集《あつ》める中《なか》で、作家《さっか》についての知識《ちしき》を蓄《たくわ》えていた。絵《え》にまつわるエピソードを話《はな》し出《だ》すと止《と》まらなかった。昨年《さくねん》12月《がつ》に急性心筋梗塞《きゅうせいしんきんこうそく》で入院《にゅういん》したが、亡《な》くなる前日《ぜんじつ》までベッドで美術館《びじゅつかん》のパンフレットのデザインを確認《かくにん》していた。

浅井《あさい》さんの四十九日法要《しじゅうくにちほうよう》や遺品《いひん》の整理《せいり》を終《お》え、小夜子《さよこ》さんは4月《がつ》から美術館《びじゅつかん》の運営《うんえい》にかかわる。作品《さくひん》については、夫《おっと》ほど詳《くわ》しいわけではない。ただ夫《おっと》が地域《ちいき》の人《ひと》たちと造《つく》った美術館《びじゅつかん》に、たくさんの人《ひと》が足《あし》を運《はこ》んでくれるのがうれしい。作品《さくひん》に囲《かこ》まれていれば、在《あ》りし日《ひ》の夫《おっと》を思《おも》い出《だ》す。小夜子《さよこ》さんは今《いま》の美術館《びじゅつかん》の雰囲気《ふんいき》を守《まも》っていくつもりだ。「夫《おっと》は変《か》わらないこと自体《じたい》を喜《よろこ》んでくれると思《おも》います。ここができたとき『人生《じんせい》で最高《さいこう》の日《ひ》』と言《い》っていたから」

インパクトのある館名《かんめい》も手伝《てつだ》って、オープン以来多《いらいおお》くの人《ひと》が訪《おとず》れている。来館者数《らいかんしゃすう》はもうすぐ2万人《まんにん》に届《とど》く勢《いきお》いだ。にぎやかに解説《かいせつ》する浅井《あさい》さんはもういないが、休憩《きゅうけい》コーナーには肖像画《しょうぞうが》が飾《かざ》られている。愛《あい》した作品《さくひん》の数々《かずかず》と、にぎわう美術館《びじゅつかん》を見《み》守《まも》っている。

（2017年6月1日掲載《けいさい》）

19

自分《じぶん》だけじゃない

カフェでつながる介護者《かいごしゃ》

「義理《ぎり》のお母《かあ》さんと会話《かいわ》がかみ合《あ》わなくなった。お風呂《ふろ》もいつ入《はい》っているのか分《わ》からないんです。態度《たいど》も何《なん》だか攻撃的《こうげきてき》になった」

「病院《びょういん》には相談《そうだん》したの？」

「一緒《いっしょ》に行《い》こうと呼《よ》び掛《か》けても、私《わたし》の言《い》うことをなかなか聞《き》いてくれない」

30代《だい》から70代《だい》の女性《じょせい》10人がテーブルを囲《かこ》む。ある参加者《さんかしゃ》が認知症《にんちしょう》の疑《うたが》いがある自分《じぶん》の家族《かぞく》について説明《せつめい》していた。女性《じょせい》たちがおしゃべりしている場所《ばしょ》は、ケアラーズカフェ「みやの森《もり》カフェ」。砺波市宮森《となみしみやもり》という山林《さんりん》と田《た》んぼの緑《みどり》がまぶしい地域《ちいき》にある。

家族《かぞく》の介護《かいご》にかかわる人《ひと》たちが毎月《まいつき》1回集《かいつど》う「おしゃべり会《かい》」を開《ひら》いている。

これまでの経験《けいけん》からアドバイスしたり、公的《こうてき》な相談《そうだん》の窓口《まどぐち》を紹介《しょうかい》したり。一人一人《ひとりひとり》が親身《しんみ》になってお互《たが》いの話《はなし》に耳《みみ》を傾《かたむ》け、意見《いけん》を交《か》わす。

会話《かいわ》の輪《わ》に参加《さんか》しているのは、今家族《いまかぞく》の介護《かいご》をしている人《ひと》、介護《かいご》を終《お》えた人《ひと》、すぐには関係《かんけい》がなくても介護《かいご》に不安《ふあん》を感《かん》じている人《ひと》。皆《みな》それぞれの切実《せつじつ》な事情《じじょう》から介護《かいご》に強《つよ》く関心《かんしん》を抱《いだ》く。

老《お》いの影《かげ》は誰《だれ》にでも忍《しの》び寄《よ》る。身《み》の回《まわ》りのことが何《なに》でもできたはずの親《おや》や配偶者《はいぐうしゃ》も衰《おとろ》えていく。いつか訪《おとず》れる介護《かいご》の日々《ひび》とどう向《む》かい合《あ》うべきか。不安《ふあん》と経験《けいけん》を分《わ》かち合《あ》う場《ば》だ。

自宅《じたく》で母《はは》を介護《かいご》する佐賀暁美《さがあけみ》さん（69）＝高岡市中川《たかおかしなかがわ》＝も参加《さんか》していた。93歳になる母《はは》の耳《みみ》は遠《とお》い。足腰《あしこし》が弱《よわ》くなり、物忘《ものわす》れが激《はげ》しくなってきた。コミュニケーションを取《と》ることも少《すこ》しずつ難《むずか》しくなっている。

気《き》の合《あ》う友達《ともだち》に介護《かいご》の悩《なや》みを打《う》ち明《あ》けても、自分《じぶん》の対応《たいおう》に疑問《ぎもん》を持《も》たれることがある。共感《きょうかん》を得《え》られないとストレスになる。経験者《けいけんしゃ》であれば納得《なっとく》してもらえることなのに。「ここは言《い》いたい放題《ほうだい》。困《こま》ったことや嫌《いや》なことがあると、良《よ》いアイデアがないかなあって相談《そうだん》できる。介護《かいご》に大変《たいへん》な思《おも》いをしている人同士《ひとどうし》がつながり合《あ》える機会《きかい》は貴《き》重《ちょう》」と話《はな》す。

毎日一緒《まいにちいっしょ》に過《す》ごす実《じつ》の親《おや》だからこそ厳《きび》しい態度《たいど》になることがある。瓶《びん》のふたを開《あ》けられず、もたつく姿《すがた》にすら瞬間的《しゅんかんてき》にいらつきそうになる。しかし、おしゃべり会《かい》を思《おも》い出《だ》せば「自分《じぶん》だけじゃない」と優《やさ》しくなれる。一緒《いっしょ》にカフェ特製《とくせい》の弁当《べんとう》を頬張《ほおば》れば、介護以外《かいごいがい》のことでも話《はなし》が弾《はず》む。「ご飯《はん》もおいしいの」と佐賀《さが》さん。

＊

全国《ぜんこく》で約《やく》６３０万人《まんにん》が要介護《ようかいご》や要支援《ようしえん》の認定《にんてい》を受《う》ける。その生活《せいかつ》を支《ささ》える家族《かぞく》も多《おお》い。ケアラーズカフェは、世話《せわ》する側《がわ》の息抜《いきぬ》きや情報交換《じょうほうこうかん》をする拠点《きょてん》。ＮＰＯや個人《こじん》が運営《うんえい》し、東京《とうきょう》を中心《ちゅうしん》に全国《ぜんこく》に20カ所近《しょちか》くあるという。みやの森《もり》カフェもその一《ひと》つだ。毎週《まいしゅう》３日間《かかん》だけオープンする。タウン誌《し》が取《と》り上《あ》げるようなおしゃれな空間《くうかん》ではない。運営費《うんえいひ》を節約《せつやく》しようと、ＢＧＭも流《なが》していない。天然木《てんねんぼく》のフローリングの床《ゆか》には、靴《くつ》を脱《ぬ》いで上《あ》がる。窓際《まどぎわ》には手作《てづく》りの置物《おきもの》が雑然《ざつぜん》と並《なら》ぶ。生活感《せいかつかん》がにじむカフェは気《き》取《ど》らないせいか、居心地《いごこち》はいい。野菜《やさい》をふんだんに使《つか》ったランチが人気《にんき》だ。

カフェは、2014年《ねん》に隣《となり》に自宅《じたく》を構《かま》える加藤愛理子《かとうえりこ》さん（62）が開《ひら》いた。「素人《しろうと》料理《りょうり》だけど口《くち》に合《あ》った?」「今日《きょう》あんまり話《はな》せなくてごめんね」。調理場《ちょうりば》と客席《きゃくせき》を忙《いそが》しく行《ゆ》き来《き》し、来店《らいてん》した人《ひと》に声《こえ》を掛《か》ける。席《せき》に座《すわ》る人《ひと》たちも加藤《かとう》さんに話《はな》し掛《か》けられるのを待《ま》っている。

＊

静岡県出身《しずおかけんしゅっしん》の加藤《かとう》さんは、夫《おっと》の転勤《てんきん》で20年前《ねんまえ》に富山《とやま》に移《うつ》り住《す》んだ。父《ちち》も夫《おっと》も転勤《てんきん》族《ぞく》。17回目《かいめ》の引《ひ》っ越《こ》しだった。盲学校《もうがっこう》の教諭《きょうゆ》や通信講座《つうしんこうざ》の添削《てんさく》をしていた経験《けいけん》から、県内《けんない》のフリースクールで講師《こうし》を務《つと》めた。高校《こうこう》に行《い》かず、大学受験《だいがくじゅけん》を目指《めざ》す生徒《せいと》たちに国語《こくご》や小論文《しょうろんぶん》を教《おし》えた。料理《りょうり》まで手《て》ほどきした。時折生徒《ときおりせいと》たちに振《ふ》る舞《ま》った弁当《べんとう》が好評《こうひょう》だったからだ。

フリースクールではカフェも運営《うんえい》し、加藤《かとう》さんの作《つく》るランチを生徒《せいと》に割安《わりやす》で提供《ていきょう》した。不登校《ふとうこう》や引《ひ》きこもりの若者《わかもの》の就労支援《しゅうろうしえん》の場《ば》としても役立《やくだ》てた。加藤《かとう》さんが発達《はったつ》障害《しょうがい》について学《まな》んでいたことから、調理場《ちょうりば》に立《た》ちながら当事者《とうじしゃ》や親《おや》からの相談《そうだん》も受《う》けた。明《あか》るくさっぱりとした人柄《ひとがら》に引《ひ》かれてか、加藤《かとう》さんの周《まわ》りにはいつも人《ひと》が集《あつ》まる。

若者《わかもの》の支援《しえん》から高齢者《こうれいしゃ》の介護《かいご》に関心《かんしん》が向《む》いたのは5年前《ねんまえ》。母《はは》が末期《まっき》の肺《はい》がんで亡《な》くなった。独《ひと》りになった91歳《さい》の父《ちち》は今元気《いまげんき》でも、いずれ介護《かいご》が必要《ひつよう》になるかもしれない。母《はは》は介護《かいご》の負担《ふたん》を掛《か》けずに旅立《たびだ》っただけに、どんなことがあるのか予想《よそう》できなかった。そのときに自宅《じたく》に介護《かいご》の情報《じょうほう》を交換《こうかん》できるカフェがあればいいと思《おも》い付《つ》いた。「介護《かいご》のために家《いえ》にカフェを造《つく》るって変《へん》に思《おも》われるかもしれない。でも、私《わたし》は根無《ねな》し草《ぐさ》。誰《だれ》でも受《う》け入《い》れられるカフェがあれば人《ひと》とのつながりをつくれると思《おも》った」と振《ふ》り返《かえ》る。

＊

自宅《じたく》とカフェを建《た》てた砺波市宮森《となみしみやもり》の集落《しゅうらく》に縁《えん》があったわけではなかった。近《ちか》くに富《と》山型《やまがた》デイサービスの施設《しせつ》と住民《じゅうみん》が誘致《ゆうち》した在宅医療《ざいたくいりょう》のクリニックがあり、連携《れんけい》できると考《かんが》えた。

建物《たてもの》は敷地《しきち》にあった古民家《こみんか》の材料《ざいりょう》を活用《かつよう》し、大工《だいく》になったフリースクールの教え子《おしご》が建《た》ててくれた。しっかりとした厨房《ちゅうぼう》を備《そな》え、飲《の》み物《もの》だけでなく、家庭料理《かていりょうり》も出《だ》した。

「どんなに悩《なや》んでいてもおなかがいっぱいになったら少《すこ》し楽《らく》になるから」

家族《かぞく》を介護《かいご》する人《ひと》の集《あつ》まりも当初《とうしょ》は数人《すうにん》だったが、今《いま》では毎回《まいかい》10人《にん》ほどが参加《さんか》するようになった。医師《いし》を目指《めざ》している学生《がくせい》や、看護師《かんごし》、薬剤師《やくざいし》も加《くわ》わり、アドバイスしてくれることもある。司会《しかい》は加藤《かとう》さん。教壇《きょうだん》に立《た》った経験《けいけん》が生《い》きているのか、参加者《さんかしゃ》の思《おも》いをすっと引《ひ》き出《だ》していく。

加藤《かとう》さんは「それぞれの経験《けいけん》から得《え》たものを組《く》み合《あ》わせたら、何《なん》とかなるような気《き》がする。少《すく》なくとも私自身《わたしじしん》の介護《かいご》への不安《ふあん》は薄《うす》れつつある」と明《あ》かす。

＊

加藤《かとう》さんのフリースクールでの活動《かつどう》を知《し》り、育児《いくじ》について悩《なや》む人《ひと》も多《おお》く足《あし》を運《はこ》ぶ。

発達障害《はったつしょうがい》の幼児《ようじ》を育《そだ》てている40代《だい》の主婦《しゅふ》もその一人《ひとり》。客《きゃく》としてだけではなく、ボランティアとして皿洗《さらあら》いや接客《せっきゃく》をする。子《こ》どもが幼稚園《ようちえん》にいる間《あいだ》のひとときをカフェで過《す》ごす。女性《じょせい》は「つらかったとき、食事《しょくじ》に来《き》たら居着《いつ》いちゃいました」と笑《わら》う。

子《こ》どもはよく大声《おおごえ》を上《あ》げる。刺激《しげき》に敏感《びんかん》ですぐに泣《な》く。診断《しんだん》を受《う》けても家族《かぞく》には「甘《あま》やかしているからだ」と言《い》われ、一人《ひとり》だけで抱《かか》え込《こ》んだ。家《いえ》を針《はり》のむしろのように感《かん》じたこともある。

人《ひと》づてに聞《き》いたのが加藤《かとう》さんとカフェの存在《そんざい》だった。いろいろな悩《なや》みを抱《かか》えた人《ひと》たちが多《おお》く集《あつ》まるから、カウンター越《ご》しに自分《じぶん》のことも話《はな》せる。暗《くら》い顔《かお》をしていたら、加藤《かとう》さんが「つらいこともあるよね」と寄《よ》り添《そ》ってくれる。

たまに子《こ》どもを連《つ》れてきたら、大《おお》きな声《こえ》で騒《さわ》ぐこともある。でも、加藤《かとう》さんは気《き》にしない。「ここに来《き》ているのは許《ゆる》し合《あ》える人《ひと》たちばかり。遠慮《えんりょ》しなくていいのよ」と声《こえ》を掛《か》けてくれる。女性《じょせい》は「理解者《りかいしゃ》がいるだけで、ほっとするんですよね」と言《い》う。

加藤《かとう》さんの取《と》り組《く》みに影響《えいきょう》を受《う》け、空《あ》き家《や》を利用《りよう》して思《おも》い悩《なや》む人《ひと》のためのカフェを開《ひら》こうという砺波市《となみし》の女性客《じょせいきゃく》もいる。加藤《かとう》さんは「私《わたし》ができるんだからきっと大丈夫《だいじょうぶ》」と背中《せなか》を押《お》す。たくさんの人《ひと》にとって必要《ひつよう》な場所《ばしょ》だと信《しん》じている。

（2017年7月1日掲載《けいさい》）

20

スカートはもうはかない

性《せい》同《どう》一性《いつせい》障《しょう》害《がい》と向《む》き合《あ》う

アニメ映画《えいが》「君《きみ》の名《な》は。」が昨年《さくねん》（2016年《ねん》）、歴史的《れきしてき》なヒットを記録《きろく》した。男《おとこ》の子《こ》が女《おんな》の子《こ》に。女《おんな》の子《こ》が男《おとこ》の子《こ》に。夢《ゆめ》の中《なか》で2人の高校生《こうこうせい》の心《こころ》と体《からだ》が入《い》れ替《か》わる設定《せってい》だった。詩情豊《しじょうゆた》かな風景《ふうけい》とともに、すれ違《ちが》う2人の恋心《こいごころ》を描《えが》いた。

「映画《えいが》はいいですね。本当《ほんとう》の自分《じぶん》と違《ちが》う体《からだ》になるのは夢《ゆめ》の中《なか》だけ。私《わたし》たちはずっと違和感《いわかん》のある体《からだ》に閉《と》じ込《こ》められている」

性同一性障害《せいどういっせいしょうがい》の梶木真琴《かじきまこと》さん（30）＝富山市《とやまし》＝が上市高校《かみいちこうこう》で生徒《せいと》約《やく》50人《にん》に語《かた》り掛《か》けた。性同一性障害《せいどういっせいしょうがい》は心《こころ》と体《からだ》の性《せい》が一致《いっち》しない状態《じょうたい》。授業《じゅぎょう》は富山福祉短期大《とやまふくしたんきだい》の出張《しゅっちょう》講座《こうざ》で、性的少数者《せいてきしょうすうしゃ》をテーマにしており、梶木《かじき》さんは講師《こうし》の一人《ひとり》として登壇《とうだん》した。講義《こうぎ》が始《はじ》まるまで、梶木《かじき》さんを一般《いっぱん》の男性《だんせい》だと思《おも》い込《こ》んでいた生徒《せいと》は少《すく》なくない。

かつて梶木《かじき》さんの戸籍上《こせきじょう》の性別《せいべつ》は女性《じょせい》。現在《げんざい》は男性《だんせい》として暮《く》らす。電通《でんつう》の調査《ちょうさ》によると、梶木《かじき》さんのような性同一性障害《せいどういっせいしょうがい》の人《ひと》や、同性愛者《どうせいあいしゃ》ら性的少数者《せいてきしょうすうしゃ》は人口《じんこう》の7・6％に上《のぼ》る。13人《にん》に1人いる計算《けいさん》になる。

「梶木真琴《かじきまこと》」は講演《こうえん》を行《おこな》うときに名乗《なの》る。祖母《そぼ》が女《おんな》の子《こ》だった自分《じぶん》に付《つ》けてくれた名前《なまえ》の音《おと》に似《に》せて考《かんが》えた。身長《しんちょう》は153センチと決《けっ》して大《おお》きくはないが、あごひげがうっすらと生《は》えている。「10代《だい》の頃《ころ》、ずっと考《かんが》えていたのは自分《じぶん》は自分《じぶん》なんだと自信《じしん》を持《も》って生《い》きたいということ」。ネクタイを締《し》め、堂々《どうどう》と来《こ》し方《かた》を語《かた》る。

＊

梶木《かじき》さんは物心《ものごころ》ついたときから自身《じしん》を男《おとこ》の子《こ》だと思《おも》っていた。ピンク色《いろ》は嫌《きら》い。スカートははかない。二《ふた》つ上《うえ》の兄《あに》やその友達《ともだち》と一緒《いっしょ》になって泥《どろ》だらけになって遊《あそ》んだ。ポニーテールにしたこともあったけれど、当時《とうじ》カリスマ的《てき》な人気《にんき》を誇《ほこ》っていたSMAPの木村拓哉《きむらたくや》さんの長髪《ちょうはつ》を意識《いしき》したから。「周《まわ》りからはただの女《おんな》の子《こ》に見《み》えたかもしれないけれど」と笑《わら》う。

小《ちい》さなうちなら「女《おんな》の子《こ》にしてはやんちゃな子《こ》」で済《す》んでも、成長《せいちょう》すれば状況《じょうきょう》が変《か》わる。中学《ちゅうがく》に進学《しんがく》して強《つよ》く違和感《いわかん》を覚《おぼ》え始《はじ》めた。兄《あに》は詰《つ》め襟《えり》の学生服《がくせいふく》を着《き》ているのに自分《じぶん》は違《ちが》う。制服《せいふく》のスカートにどうしてもなじめなかった。「だって男性《だんせい》が普段《ふだん》、人《ひと》前《まえ》でスカートをはきますか」

体《からだ》つきが丸《まる》く、女性《じょせい》らしくなっていくことも嫌《いや》だった。好《す》きになる同級生《どうきゅうせい》は女《おんな》の子《こ》だが、彼女《かのじょ》が思《おも》いを寄《よ》せる相手《あいて》は男《おとこ》の子《こ》。女子《じょし》トイレにはのぞき見《み》しているような罪悪感《ざいあくかん》があって行《い》けなかった。でも、男子《だんし》トイレにも入《はい》れない。学校《がっこう》では一切《いっさい》用を足《た》さず、自宅《じたく》まで必死《ひっし》の思《おも》いで我慢《がまん》した。ぼうこう炎《えん》にもなった。女《おんな》の子《こ》っぽく写《うつ》った写真《しゃしん》は許《ゆる》せず、小学校《しょうがっこう》の卒業《そつぎょう》アルバムもマジックで塗《ぬ》りつぶした。

違和感《いわかん》の正体《しょうたい》を教《おし》えてくれたのは、学園《がくえん》ドラマ「3年《ねん》B組金八先生《ぐみきんぱちせんせい》」だった。中学《ちゅうがく》生《せい》の梶木《かじき》さんは2001年《ねん》、女優《じょゆう》の上戸彩《うえとあや》さんが性同一性障害《せいどういつせいしょうがい》に悩《なや》む生徒《せいと》を熱演《ねつえん》した第《だい》6シリーズを見《み》た。凛《りん》とした学生服姿《がくせいふくすがた》の上戸《うえと》さんに自身《じしん》の姿《すがた》を重《かさ》ねた。「ああ、自分《じぶん》はこの人《ひと》なんだ。性同一性障害《せいどういつせいしょうがい》なんだ」と納得《なっとく》した。

＊

進路《しんろ》を決《き》める中学《ちゅうがく》3年生《ねんせい》の冬《ふゆ》、家族《かぞく》に自分《じぶん》の悩《なや》みを打《う》ち明《あ》けようとした。夕食後《ゆうしょくご》にヘアスプレーが欲《ほ》しいと母親《ははおや》に車《くるま》でドラッグストアに連《つ》れていってもらった。実際《じっさい》は欲《ほ》しいものなんて何一《なにひと》つなく、じっくり話《はな》す糸口《いとぐち》だけが欲《ほ》しかった。道中《どうちゅう》で勇気《ゆうき》を振《ふ》り絞《しぼ》って口火《くちび》を切《き》った。

「私《わたし》の心《こころ》は男《おとこ》。好《す》きなのも女《おんな》の子《こ》」。運転席《うんてんせき》の母親《ははおや》からは「何《なに》をばかなことを言《い》っているの」と受《う》け流《なが》された。「真面目《まじめ》に聞《き》いてよ」と続《つづ》けても、相手《あいて》にしてもらえなかった。気《き》まずい空気《くうき》だけが流《なが》れた。思惑通《おもわくどお》りにいかないまま帰宅《きたく》した。

梶木《かじき》さんは機会《きかい》を見《み》つけては訴《うった》え続《つづ》けた。親子《おやこ》がまともに会話《かいわ》することは減《へ》った。食卓《しょくたく》を挟《はさ》みながら無言《むごん》の日《ひ》もあった。

張《は》り詰《つ》めた空気《くうき》を破《やぶ》ったのは母《はは》だった。高校《こうこう》2年生《ねんせい》の誕生日《たんじょうび》にプレゼントをくれた。包《つつ》み紙《がみ》を開《ひら》くと、ハローキティがプリントされたトランクスが入《はい》っていた。「安《やす》売《う》りしていたから」とぶっきらぼうに渡《わた》されたが、認《みと》められた気《き》がした。父《ちち》はあっさりと受《う》け入《い》れてくれた。

成人式《せいじんしき》を迎《むか》えるとオレンジ色《いろ》の晴《は》れ着《ぎ》と黒《くろ》い羽織《はおり》はかまをそれぞれ着《き》て、写真《しゃしん》を撮《と》った。母《はは》はどうしても娘《むすめ》に自分《じぶん》の振《ふ》り袖《そで》を着《き》せたかった。羽織《はおり》は祖父《そふ》から父《ちち》へと受《う》け継《つ》がれたものだった。

富山福祉短期大《とやまふくしたんきだい》を卒業後《そつぎょうご》、東京《とうきょう》で就職《しゅうしょく》。乳房《ちぶさ》を切除《せつじょ》し、子宮《しきゅう》を摘出《てきしゅつ》する手術《しゅじゅつ》を受《う》け、戸籍《こせき》の性別《せいべつ》も変《か》えた。友人《ゆうじん》の紹介《しょうかい》で現在《げんざい》の妻《つま》（32）に出会《であ》い、恋《こい》をした。

梶木《かじき》さんは事業《じぎょう》を起《お》こすため、富山《とやま》に戻《もど》って結婚《けっこん》した。披露宴《ひろうえん》などは開《ひら》かなかったが、親族《しんぞく》にあいさつ回《まわ》りに行《い》った。白《しろ》い目《め》で見《み》られる覚悟《かくご》もしていた。しかし、皆一様《みないちよう》に「真琴君《まことくん》、おめでとう」と女性《じょせい》ではなく男性《だんせい》として祝福《しゅくふく》してくれた。「親《おや》が僕《ぼく》らのため、しっかり根回《ねまわ》ししてくれていたんでしょうね」

妻《つま》は「真琴《まこと》さんは積極的《せっきょくてき》にリードし、行動《こうどう》で示《しめ》してくれる。私自身《わたしじしん》、男性《だんせい》とお付《つ》き合《あ》いした経験《けいけん》もあるけれど何《なに》も不安《ふあん》はなかった」と言《い》う。職場《しょくば》で事情《じじょう》を知《し》らない同《どう》僚《りょう》が「お子《こ》さんはまだ?」と尋《たず》ねてくることもあるが「好《す》きな人《ひと》と一緒《いっしょ》にいられるならささいなこと」と話《はな》す。

＊

梶木《かじき》さんは一昨年《いっさくねん》から母校《ぼこう》の富山福祉短期大《とやまふくしたんきだい》や、所属《しょぞく》する県内《けんない》の性的《せいてき》マイノリティーの支援団体《しえんだんたい》「レインボーハート富山《とやま》」を通《つう》じて開《ひら》かれる授業《じゅぎょう》や講演会《こうえんかい》でマイクを握《にぎ》る。話《はな》すのは、成長《せいちょう》する過程《かてい》での戸惑《とまど》いや親《おや》との確執《かくしつ》、学校《がっこう》での苦労《くろう》、今《いま》の生活《せいかつ》など。

自身《じしん》の日々《ひび》の暮《く》らしには満足《まんぞく》しているが、日本《にっぽん》の社会《しゃかい》の現状《げんじょう》は性的少数者《せいてきしょうすうしゃ》への理《り》解《かい》が進《すす》んでいるとは言《い》い難《がた》い。「かつての自分《じぶん》と同《おな》じように思《おも》い悩《なや》む子《こ》どもたちのために、体験談《たいけんだん》を話《はな》すのは大人《おとな》になった自分《じぶん》の役割《やくわり》。乗《の》り越《こ》えられると伝《つた》えたい」

初《はじ》めての講演《こうえん》では、打《う》ち合《あ》わせしたファミリーレストランでも周囲《しゅうい》の視線《しせん》を気《き》にした。店員《てんいん》が料理《りょうり》を運《はこ》んできたら、手《て》を震《ふる》わせて資料《しりょう》をメニューの下《した》に隠《かく》した。講演《こうえん》を依頼《いらい》した富山福祉短期大《とやまふくしたんきだい》の松尾祐子講師《まつおゆうここうし》（50）は「おびえてしまうくらい勇気《ゆうき》が必要《ひつよう》なことなんですよ。でも遠《とお》くの大先生《だいせんせい》ではなく、地元《じもと》で生《う》まれ育《そだ》った人《ひと》だからこそ響《ひび》く言葉《ことば》がある。これまでの人生《じんせい》で培《つちか》った力《ちから》を発揮《はっき》してくれている。今《いま》では堂々《どうどう》としたものですよ」と言《い》う。

＊

富山大五福《とやまだいごふく》キャンパスの一角《いっかく》で小《ちい》さな写真展《しゃしんてん》が開《ひら》かれた。画面《がめん》に切《き》り取《と》られているのは、人《ひと》の後《うし》ろ姿《すがた》や手《て》や足先《あしさき》。どれ一《ひと》つとして、被写体《ひしゃたい》の表情《ひょうじょう》がはっきりと分《わ》かるものはない。性的少数者《せいてきしょうすうしゃ》を支援《しえん》するため、富山大《とやまだい》の教授《きょうじゅ》らがつくる「ダイバーシティラウンジ富山《とやま》」が企画《きかく》した。

写真《しゃしん》は自身《じしん》の性《せい》のありようを公《おおやけ》にしていない人《ひと》たちをモデルにしている。それぞれの写真《しゃしん》には、レンズを向《む》けられた人《ひと》がメッセージを寄《よ》せている。プライバシーを守《まも》りながら、社会《しゃかい》の中《なか》に埋《う》もれがちな存在《そんざい》を発信《はっしん》しようとした。

梶木《かじき》さんの写真《しゃしん》もあった。逆光《ぎゃっこう》の中《なか》から後《うし》ろ姿《すがた》のシルエットが浮《う》かび上《あ》がる。梶木《かじき》さんはこんなメッセージを写真《しゃしん》に添《そ》えていた。

「こども時代《じだい》は周囲《しゅうい》の人《ひと》のために女子《じょし》を装《よそお》って生《い》きていました。今《いま》は『俺《おれ》、生《い》きてる〜』って感《かん》じ」

（2017年8月1日掲載《けいさい》）

こころの懸《か》け橋《はし》

虹《にじ》のアルバム

1

「〝酪農家族《らくのうかぞく》〟が見《み》る夢《ゆめ》」

6—15頁《ページ》

杉森登美《すぎもりとみ》さんから受《う》け継《つ》いだ高《たか》岡市《おかし》佐加野東《さがのひがし》にある牛舎《ぎゅうしゃ》の中《なか》で、次男《じなん》を抱《だ》く青沼光《あおぬまあきら》さん（左《ひだり》）と妻《つま》の佳奈《かな》さん。手前《てまえ》は長男《ちょうなん》

（2015年12月撮影）

2

「路上《ろじょう》からの再出発《さいしゅっぱつ》」

16—25頁《ページ》

富山駅《とやまえき》の地下広場《ちかひろば》で毎週月曜《まいしゅうげつよう》日《び》に開《ひら》かれる駅北食堂《えききたしょくどう》。夜食《やしょく》用《よう》のおにぎりやパンを配《くば》る駅北《えききた》食堂《しょくどう》のメンバーら

（2016年1月撮影）

3

「フランスパンと駄菓子《だがし》」

26—35頁《ページ》

「ロマンベール」（高岡市《たかおかし》の末広《すえひろ》町商店街《まちしょうてんがい》）自慢《じまん》の焼《や》きたてのバゲットを手《て》にする板倉隆《いたくらたかし》さん（左《ひだり》）と妻《つま》の容子《ようこ》さん

（2016年2月撮影）

4

（2016年3月撮影）

「藍《あい》の青《あお》　ヒマラヤの青《あお》」　36—45頁《ページ》

朝日町笹川《あさひまちささがわ》の山本《やまもと》さとみさんは、ヒマラヤで遭難《そうなん》した夫《おっと》・季生《としお》さんに思《おも》いを寄《よ》せながら、濃《こ》く、深《ふか》い藍《あい》で織物《おりもの》を染《そ》め上《あ》げる

5

（2016年4月撮影）

「『もったいない』の一滴《ひとしずく》」　46—55頁《ページ》

フードバンクとやまの分配活動《ぶんぱいかつどう》は、夏休《なつやす》み中《ちゅう》の子《こ》どもたちが手伝《てつだ》うこともある。右端《みぎはし》が川口明美《かわぐちあけみ》さん

6

（2016年5月撮影）

「ミツバチのささやき」　56—65頁《ページ》

レンゲはかつて、田植《たう》え前《まえ》の田《た》んぼに植《う》えられ、蜜源《みつげん》となっていた。レンゲの蜜《みつ》を吸《す》うミツバチ（富山市内《とやましない》で）

7

「夏《なつ》の味《あじ》“受難《じゅなん》”の苦《にが》み」 66―75頁《ページ》

金沢市《かなざわし》や県西部《けんせいぶ》でよく食《た》べられているドジョウのかば焼《や》き。流刑《るけい》キリシタンが生活《せいかつ》のために売《う》り出《だ》したのが発祥《はっしょう》と伝《つた》わる

（2016年6月撮影）

8

「平和《へいわ》を願《ねが》う歌声《うたごえ》」 76―85頁《ページ》

校内《こうない》のラウンジで合唱《がっしょう》を披露《ひろう》する南砺市吉江中学校《なんとしよしえちゅうがっこう》の生徒《せいと》。合唱《がっしょう》をきっかけに譲《ゆず》り受《う》けた被爆《ひばく》エノキ2世《せい》が校庭《こうてい》に育《そだ》つ

（2016年7月撮影）

9

「新《あら》たな“寺縁《じえん》”を紡《つむ》ぐ」 86―95頁《ページ》

射水市戸破《いみずしひばり》（小杉《こすぎ》）にある金胎寺《こんたいじ》の志村慧雲住職《しむらけいうんじゅうしょく》。いつもにこやかだが、仏事《ぶつじ》では真剣《しんけん》な表情《ひょうじょう》を見《み》せる

（2016年8月撮影）

(2016年9月撮影)

10「〝人獣《じんじゅう》〟の境界線《きょうかいせん》で」96—105頁《ページ》

氷見市《ひみし》内《ない》の山《やま》あいに仕掛《しか》けられた箱《はこ》わなに掛《か》かった2頭《とう》のイノシシ。成獣《せいじゅう》は体重《たいじゅう》100キロを超《こ》える雄《おす》だった

(2016年10月撮影)

11「〝寅《とら》さん〟に見守《みまも》られ」106—115頁《ページ》

富山市《とやまし》西宮町《にしのみやまち》にある喫茶店《きっさてん》の前《まえ》。寅《とら》さんの顔《かお》が描《えが》かれた大《おお》きな看板《かんばん》の前《まえ》に立《た》つ西宮正直《にしみやまさなお》さん。いまも寅《とら》さんが大好《だいす》きだ

(2016年11月撮影)

12「愚直《ぐちょく》と根気《こんき》 貫《つらぬ》いて」116—125頁《ページ》

東京《とうきょう》・神保町《じんぼうちょう》にある出版社内《しゅっぱんしゃない》の『鉄幹晶子全集《てっかんあきこぜんしゅう》』の編集室《へんしゅうしつ》。逸見《いつみ》久美《くみ》さん（右《みぎ》から2人目《め》）と編集《へんしゅう》スタッフ

13

「1000キロ飛《と》ぶ 勇《ゆう》なる翼《つばさ》」

126―135頁《ページ》

レースでの放鳩《ほうきゅう》シーン。数千羽《すうせんわ》のハトが一斉《いっせい》に飛《と》び立《た》つ様子《ようす》は圧巻《あっかん》。北海道《ほっかいどう》・稚内《わっかない》から1000キロを飛《と》ぶレースもある

（宇枝幹治さん提供）

14

「ケア シェア ラブ」

136―145頁《ページ》

富山市山王町《とやましさんのうまち》にある「祈《いの》りの家《いえ》」で、おせち料理《りょうり》を詰《つ》め合《あ》わせるドムリンさん（右《みぎ》）。「駅北食堂《えききたしょくどう》」で生活困窮者《せいかつこんきゅうしゃ》らに配《くば》られた

（2016年1月撮影）

15

「学《まな》びを生《い》きる力《ちから》に」

146―155頁《ページ》

中学生《ちゅうがくせい》に勉強《べんきょう》を教《おし》える安念正義《あんねんまさよし》さん。生活《せいかつ》が厳《きび》しい子《こ》どもたちを対象《たいしょう》に、砺波市太田《となみしおおた》の自宅《じたく》で無料学習《むりょうがくしゅう》教室《きょうしつ》を開《ひら》く

（2017年2月撮影）

（舟橋村立図書館提供）

16 「寄《よ》り添《そ》う居場所《いばしょ》に」 156−165頁《ページ》

舟橋村役場《ふなはしむらやくば》の職員《しょくいん》の読《よ》み聞《き》かせに夢中《むちゅう》になる子《こ》どもたち。木《き》の温《ぬく》もりにあふれた館内《かんない》は居心地《いごこち》がいい

（2017年4月撮影）

17 「きこりのブルース」 166−175頁《ページ》

人生《じんせい》の哀歓《あいかん》をにじませた歌声《うたごえ》を披露《ひろう》する「W.C.《ダブリューシー》カラス」さん。富山《とやま》を拠点《きょてん》にしながら、全国《ぜんこく》でライブを開《ひら》いている

（2017年5月撮影）

18 「誰《だれ》もが親《した》しみやすく」 176−185頁《ページ》

「世界一《せかいいち》かわいい美術館《びじゅつかん》」を造《つく》った夫《おっと》の故浅井省己《こあさいせいき》さんが特《とく》に好《す》きだったという絵《え》を眺《なが》める小夜子《さよこ》さん

19

「自分《じぶん》だけじゃない」　186—195頁《ページ》

ケアラーズカフェ「みやの森《もり》カフェ」のにぎわう店内《てんない》で接客《せっきゃく》する加藤愛《かとうえ》理子《りこ》さん（右《みぎ》）。加藤《かとう》さんとおしゃべりしたくて来店《らいてん》する客《きゃく》も多《おお》い

（2017年6月撮影）

20

「スカートはもうはかない」　196—205頁《ページ》

上市高校《かみいちこうこう》の生徒《せいと》たちの前《まえ》でマイクを握《にぎ》り、悩《なや》み抜《ぬ》いた青春時代《せいしゅんじだい》を語《かた》る梶木真琴《かじきまこと》さん。ネクタイ姿《すがた》がりりしい

（2017年7月撮影）

あとがき

北日本新聞紙上《きたにっぽんしんぶんしじょう》で毎月《まいつき》1日《にち》、丸々《まるまる》1ページを使《つか》って書《か》いているシリーズ「虹《にじ》」は2017年《ねん》8月掲載分《がつけいさいぶん》で、ちょうど100話《わ》になりました。20話《わ》ずつ製本《せいほん》し本書《ほんしょ》は5巻目《かんめ》になります。「虹《にじ》」は09年《ねん》5月《がつ》から始《はじ》まりました。8年《ねん》あまりで3人《にん》の記者《きしゃ》が担当《たんとう》し、ほかに数人《すうにん》の記者《きしゃ》が「この話《はなし》だけ」と志願《しがん》して書《か》いてきました。

紙面協賛《しめんきょうさん》していただいている大谷製鉄株式会社《おおたにせいてつかぶしきがいしゃ》（射水市《いみずし》）からは「朝《あさ》、新聞《しんぶん》を広《ひろ》げて、ちょっといい話《はなし》が読《よ》めたら良《よ》い一日《いちにち》になるでしょう。そんな話《はなし》を取《と》り上《あ》げて。分野《ぶんや》や文体《ぶんたい》に細《こま》かな注文《ちゅうもん》は一切《いっさい》ない」という言葉《ことば》をいただき、それがそのままシリーズの〝色《いろ》〟になっています。

記者《きしゃ》によって関心《かんしん》の向《む》きが変《か》わったり、タッチが異《こと》なったりしても寛大《かんだい》に受《う》け入《い》れていただいている同社《どうしゃ》に救《すく》われ、続《つづ》けてこられたと感謝《かんしゃ》しています。そして何《なに》より、取材《しゅざい》に協力《きょうりょく》いただいた大勢《おおぜい》の方々《かたがた》にもあらためて御礼申《おれいもう》し上《あ》げたいと思《おも》います。

第《だい》5巻《かん》には、離農《りのう》する酪農家《らくのうか》から牧場《ぼくじょう》を受《う》け継《つ》いだ若《わか》い夫婦《ふうふ》の話《はなし》、ホームレスへの炊《た》き出《だ》し活動《かつどう》や地元《じもと》のドジョウを使《つか》ったかば焼《や》きの物語《ものがたり》などが収《おさ》められています。どの話《はなし》も、ある出来事《できごと》や事柄《ことがら》が誰《だれ》かと誰《だれ》かの心《こころ》をつないだり、関《かか》わり合《あ》うきっかけになったりした内容《ないよう》です。今回《こんかい》の収載分《しゅうさいぶん》は北日本新聞社《きたにっぽんしんぶんしゃ》論説委員《ろんせついいん》の金井英史《かないひでふみ》と制作部《せいさくぶ》の田尻秀幸《たじりひでゆき》が取材《しゅざい》・執筆《しっぴつ》しました。文中《ぶんちゅう》の肩書《かたが》きや年齢《ねんれい》は掲載時《けいさいじ》のままとしました。

どこかにひっそり架《か》かる「虹《にじ》」は、心《こころ》の中《なか》のちょっとしたきっかけで見《み》えるのかもしれません。本書《ほんしょ》はこれまでの4巻同様《かんどうよう》、県内《けんない》の小学校《しょうがっこう》から大学《だいがく》、公立図書館《こうりつとしょかん》に贈呈《ぞうてい》させてもらいました。少《すこ》しでも大勢《おおぜい》の人《ひと》に読《よ》んでいただけたらと思《おも》います。

北日本新聞社取締役営業局長《きたにっぽんしんぶんしゃとりしまりやくえいぎょうきょくちょう》　松井裕《まついゆたか》

「虹」は、2009年５月から毎月1日付の北日本新聞朝刊で
連載しています。新書版第5集となる本書には、
2016年1月から2017年8月までの20回分が収録されています。
発行にあたり、本文を一部、加筆修正しました。

虹《にじ》 5

2017年12月1日発行
編　著　北日本新聞社営業局
協　力　大谷製鉄株式会社
発行者　板倉　均

発行所　北日本新聞社
〒930-0094　富山市安住町２番14号
電 話　076(445)3352(出版部)
FAX　076(445)3591
振替口座　00780－6－450

編集制作　(株)北日本新聞開発センター
装丁・挿絵　山口久美子(アイアンオー)
印 刷 所　北日本印刷(株)

ISBN 978-4-86175-102-8